L'albatros

Nicolas Houguet

L'albatros

récit

Stock

Couverture : Le Petit Atelier

ISBN : 978-2-234-08619-7

Pour E.

Patti Smith n'est pas seulement une grande artiste de scène. C'est aussi une chamane – autrement dit, un être en contact avec d'autres niveaux de la réalité. Elle produit sur son public un effet électrique, comparable aux rituels vaudou ou umbanda – où les membres de l'assistance deviennent des participants à part entière et sont littéralement aspirés hors d'eux-mêmes. Bien souvent toutefois, ils sont voués à « retrouver leur état de conscience ordinaire », redevenir cette mère célibataire de trois enfants ou être rendus aux combines du trottoir et à ses motivations animales... Mais au moins la chamane leur aura-t-elle accordé un répit.

William S. Burroughs

Le Poète est semblable au prince des nuées
Qui hante la tempête et se rit de l'archer ;
Exilé sur le sol au milieu des huées,
Ses ailes de géant l'empêchent de marcher.

L'Albatros, Charles Baudelaire

Avant l'ivresse

Parfois, pas souvent dans une vie, on bloque.

Tomber amoureux dans le parc d'un château. Garder l'instant figé dans la tête. Une photo indélébile. Parfois, on touche à l'éternité en étant mortel. Des grâces qui vous tombent d'on ne sait où. On se demande même si on les mérite, mais enfin voilà, c'est là. On l'a vécu.

Le moment n'est jamais vraiment passé même si la vie a continué. Dieu existait presque. Les planètes étaient alignées et nous on était là, au cœur de l'endroit foudroyé, avec la surprise de respirer et d'être encore dans notre biographie, E. et moi.

Ce baiser dans le parc. Mon souffle court. Son regard. Le silence. L'impulsion et l'urgence à se voir ce jour-là, quand la pluie menaçait. Partir au hasard et se retrouver à Vaux-le-Vicomte. Un peu étourdis. Briser notre réserve et nos prudences, et s'embrasser pour que ça soit fait, avant la visite du château, comme dans *Annie Hall*. Avoir le cœur qui explose et oublier que je suis en fauteuil roulant dans ses yeux. Me sentir plein de potentiel auprès d'elle.

Il faisait beau ce jour-là. On s'était retrouvés la veille. E. était venue jusque chez moi. Dans le jardin du pavillon où je vis avec mes parents. Quand elle a sonné, je trompais l'attente en regardant un documentaire sur Charlotte Rampling. Je jetais nerveusement des coups d'œil à l'horloge. Je savais déjà. On sait toujours quand ça arrive.

Deux mois auparavant, je l'avais aperçue à l'entracte d'une pièce que jouait une amie. On se connaissait un peu virtuellement. On s'est parlé pour la première fois. Je me rattrapais à la musique arabisante diffusée dans le hall de cet endroit curieux investi par des activistes féministes. Il allait être détruit par le feu quelque temps plus tard. Mauvais présage. Un endroit sombre et palpitant. Un lieu qui faisait peur à mon chauffeur de taxi, qui avait insisté pour m'accompagner jusqu'à l'entrée.

Devant elle, je ne savais pas quoi dire. Je ne savais pas où poser le regard. J'étais dans la merde. Elle me regardait, avec cet air d'indulgence qui est toujours le sien. Tout ce qui n'a pas été dit a été compris.

La bombe H avait éclaté. Il fallait qu'on se débrouille. On a laissé passer l'été, elle a lu mon premier bouquin, un essai obscur, inconnu de tous ceux qui ne sont pas de ma famille. Dans mon jardin, j'essayais de parler. Je me faisais l'effet de tourner à vide, de l'assaillir d'une démonstration vaniteuse. Elle souriait. En fin d'après-midi, elle est partie. Je ne voulais pas qu'elle parte. Je n'ai jamais voulu qu'elle parte. Au soir, elle m'a écrit pour me demander quand est-ce qu'on se revoyait. Je lui ai répondu « ça va te paraître dingue, mais, demain ». Sur un coup de tête, un truc que je ne fais jamais.

Elle est venue. On était deux garnements en cavale, qui n'en revenaient pas d'oser se dérober à ce point à tout ce qui était tracé. On est partis au hasard des routes avec de la musique à fond dans la voiture. Jusqu'à Vaux-le-Vicomte. Il nous ressemblait bien, ce jour-là. Davantage peut-être que tous ceux qui ont suivi. Je savais confusément que ce jour, dans un monde parfait, n'aurait jamais dû finir. Sur l'autoradio on passait des chansons qu'on aimait. *Because the night* et *People have the power*. Patti Smith était déjà là.

La suite, c'est que je me suis épuisé à courir après ce premier jour.

Ça passait vite. Tout passait vite. On était tous les deux complètement euphoriques, dans notre bulle. On a accumulé les parenthèses volées au monde, en flibustiers. De longues conversations qui menaient haut et jusque tard.

Des concerts. Beaucoup. Plus que je n'en ai jamais fait. J'adorais ça.

Le présent avait déraillé de sa voie monotone, prévisible et monochrome. Je suis devenu dingue pendant un an. Hors de moi pendant trois saisons qui ont tout chamboulé. Tout, auprès d'elle, ressemblait à une perte de contrôle.

Elle était belle. Elle était mon premier coup de folie. Elle ressemblait aux chaînes que j'ai commencé à briser là, envoyant la fatalité au diable. Je n'avais plus mal nulle part. J'étais capable de tout. J'étais le gros cliché du mec qui croit qu'il a compris ce qui échappe au reste du monde. Que l'amour, c'était pour lui.

On a fini par tomber comme tous ceux qui courent trop vite. Il y a eu des alertes et des fausses notes mais, pendant longtemps, la musique était assez belle pour qu'on les dédaigne.

Je garde toujours la force de cette inconscience et de cette spontanéité.
La conviction qu'elle était possible. Même pour moi.

C'est avec ce souvenir de nous que je suis allé voir Patti Smith ce soir-là.

Mardi 20 octobre 2015

C'était l'anniversaire de Rimbaud. Le début d'une nouvelle page et d'un nouvel automne pour moi, marqué par la conscience de ma fragilité, de ma mortalité et par la fin de souffrances chroniques qui m'avaient contraint à l'immobilité pendant des mois. J'étais disponible.

Premier concert où j'osais me rendre seul, sans ce filet de sécurité étrange d'avoir quelqu'un pour me ramasser si je tombe, si j'ai mal, si j'ai envie de pisser. La menace mêlée d'euphorie de n'avoir à compter que sur soi, sans vraiment savoir si on en a les épaules. Je ne savais pas si j'allais y arriver.

Devant l'Olympia, des gens se massaient pour quémander des places. Je gardais jalousement la mienne au creux de ma poche. Je me demandais bien si j'allais être à la hauteur de l'enjeu. J'ai toujours pensé qu'on avait une certaine responsabilité à se trouver dans le public. C'est un échange. Si l'artiste donne tout et le public rien, c'est d'une insupportable ingratitude, un gâchis.

E. avait une passion pour Patti. C'est moi qui l'avais prévenue du concert, la pressant de réserver très vite. Que c'était important.

Important qu'on se retrouve là, après la fin de notre histoire, pour continuer de l'écrire avec d'autres chapitres que ceux dont on avait rêvé.

On s'était rencontrés autour de *Just kids*. La chanteuse était un peu à nous.

On se rejoindrait à la sortie de l'Olympia. Pour tourner la page.

Auprès de Patti, dont on avait décrété qu'elle était notre « maman » pendant l'une de ces nuits, poétiques et déjantées, où on se chantait des chansons à tue-tête et où on riait si fort.

Je ne suis pas dingue au point de me prendre totalement pour Patti Smith. Mais avec certains artistes, il y a ce lien du sang, cette reconnaissance immédiate, évidente. C'est une histoire d'amour.

J'ai toujours eu un pied dans deux réalités. Celle de ma vie, largement chiante, contraignante, avec des péripéties qui ne m'intéressent que rarement, des contingences qui me font enrager. Et puis l'autre. Celle des poèmes que j'enchaînais. Des bouquins que je dévorais pour me fondre en eux, m'y projeter. Pour me découvrir dans les mots de ceux qui me ressemblaient vraiment.

Patti Smith, c'est quelqu'un qui te rappelle qui tu es. Une partie de ton âme qu'elle porterait dans la voix, dans la plume et dans sa présence sur terre. Je ne sais plus si c'est Tolstoï qui disait qu'on était tous les visages d'une même âme, mais éclatée, et qu'on passait notre vie à tenter de réunir les éclats éparpillés en chacun d'entre nous.

Auprès d'elle, je sens que les pièces du puzzle correspondent. On vient des mêmes terres et, lâchés sur les mers de l'existence, on a appris des mêmes tempêtes, découvert les mêmes continents. On a surtout fredonné les mêmes chansons. Les siennes. Même avant que je les connaisse. On ne fait connaissance de rien dans ce monde. Quand on croise une âme sœur, on n'a jamais qu'une confirmation. Presque une absence de surprise. Un « tiens, je savais que tu étais là ». C'est ce que j'ai ressenti la première fois que j'ai écouté *Pissing in a river*, que mon frère jumeau avait débusquée à nos quinze ans.

C'est toujours lui qui dans l'enfance découvrait tout. Il a été le premier à lire, le premier à jouer de la musique, le premier à jouer aux jeux vidéo. Et puis il abandonnait. Moi, j'ai toujours eu besoin qu'on me montre dans quel sens aller. Lui était pionnier, dans sa chambre tapissée de bateaux de marins, d'explorateurs et de découvreurs. De Queen à Radiohead. Sur les films aussi. Il n'en a jamais fait étalage. Il est trop modeste et pudique. Trop enclin à s'avancer masqué, épris de ceux qui ne jouent pas de rôles, ne posent pas, les humbles, ceux qui sont vrais. Moi, j'étais là en embuscade. À l'observer tourner les pages des livres d'images Disney. À trouver sur le clavier Bontempi orange les mélodies qu'il entendait. À le voir gratter la guitare et s'apprendre tout seul. Moi, je n'avais aucun talent à part le dessin. Mais j'avais faim de tout piller, en bon pirate. J'ai poursuivi tous les sillons qu'il n'a pas voulu creuser. C'est comme s'il m'avait laissé la place. J'ai joué le rôle. Mais à l'origine, je crois bien que c'était lui, le metteur en scène.

« Come... Come... Take me back. »

Ce soir d'octobre j'allais la voir, Patti. Un soir qui s'étirerait dans le temps. Peut-être la quintessence d'une vie. La célébration des quarante ans de son album *Horses*.

L'anniversaire de Rimbaud.

Et mes trente-sept ans qui avaient sonné moins d'un mois plus tôt, l'âge voisin de celui où Arthur est mort.

L'anticipation

Je passe par la coulisse, dédaignant la foule clairsemée, encore peu empressée de s'engouffrer dans la salle. Je ne m'aventure pas sur le chemin écarlate et arrondi qui entoure le bar et les boutiques où s'entassent les babioles improbables de ces lieux-là. J'avance dans des couloirs sombres qui me font songer aux coursives d'un bateau attendant son ivresse. Je prends un ascenseur caché dans un recoin secret. J'emprunte presque toujours ces chemins détournés et j'en nourris une jouissance secrète, à ne pas arpenter les mêmes sentiers que tout le monde. Même si ça veut dire être à part, considéré étrangement.

Je suis absurdement placé, comme toujours. Au milieu des gradins, au-dessus de la table de mixage et des écrans d'ordinateur. À l'écart du monde. L'histoire de ma vie. L'ouvreuse m'a assuré à l'entrée que la vue était dégagée. Certes, on voit tout, mais de loin. On voit les autres, ensemble. Communier, danser. Nous, on observe. Seul dans cette grande allée, ce no man's land réservé aux intouchables. Ils sont de la fête mais pas complètement. Tolérés dans le temple mais loin de l'autel. Le symbole est biblique et toujours assez fort.

Au fond, ma condition physique ressemble à ma disposition artistique. Ceux qui prétendent que la correspondance n'existe pas, que le corps n'est pas l'interprète de l'âme, ceux-là évoluent dans un monde amputé de sa cohérence. C'est au contraire d'une merveilleuse logique. Car, oui, j'ai appris à m'en émerveiller. J'aime être assis. J'aime être ainsi. J'ai ressenti, il n'y a pas très longtemps, cette implacable harmonie. Autant la trouver belle. J'aime les tableaux bien composés. Les plans de cinéma bien disposés. Les chorégraphies et les mouvements qui s'enchaînent avec grâce. J'en retrouve l'écho dans tout ce que je vois à présent. Ma vie ressemble à un plan-séquence de steadicam.

Je ressens l'impatience… Le pressentiment de l'exceptionnel. De quelqu'un qui bouleversera ma perception ce soir. Qui incarnera et traduira en mots et en chants tout ce que je suis. Tout ce qui me fascine, depuis le début de cette vie.

Peut-être est-ce le point final à une certaine compréhension, ce moment où j'aurai le sentiment d'avoir une histoire et une grâce, de me reconnaître, dans le cours étrange de ce concert qui, comme je le sais sourdement déjà, ne ressemblera à aucun autre.

D'ordinaire, arrivé dans la salle, je me pose. Je patiente calmement. Je m'amuse des passants et de leurs manies quand ils croient, les innocents, que personne ne les regarde. J'ai longtemps eu l'ironie facile. Ça occupe et ça trompe l'ennui. Mais j'ai passé ma vie posté en spectateur, en plan d'ensemble. Ce soir, j'ai envie de vivre, pas de commenter. D'être dedans. De ressentir. Pas de me regarder y être. J'ai envie de sortir les mains de mes poches. De ne pas garder les bras croisés mais de les écarter avec abandon et grandiloquence. Pour m'envoler.

E. m'a dit un soir qu'elle aimait ma maladresse. Que ça la touchait. Il est des phrases qu'on attend toute une vie. Vous entendez dans une voix une caresse, une main sur l'épaule, un barrage qui lâche. Un silence qu'on brise. M'avancer. La voix pleine et les bras sans liens.

Me l'autoriser.

Enfin.

Ça arrivera. Il y a cette conviction toujours qui précède les grands vertiges. On sait que ça arrivera. Sentir l'électrochoc. C'est pas souvent, c'est pas conscient. C'est rare, précieux et fragile comme un amour naissant.

Les gens discutent dans la fosse. Tranquilles. Je suis seul, incongru dans la grande allée où les autres ne font que passer comme des ombres empressées vers leurs destinations. Rangé en zone de transit, comme un bagage dont on ne sait trop quoi faire.

Au moins, je n'ai pas mal. Ou bien c'est supportable. J'avoue que j'en ai tellement pris l'habitude que je ne sais pas faire la différence. C'est le soulagement étrange des maux chroniques qui se transforment en fond de pensée et peu à peu font partie de vous. Après tout, s'il faut épouser la douleur, autant le faire de bonne grâce.

Je cherche E. Elle voulait être en avance pour se trouver devant. Moi, je suis arrivé plus tard. Entre elle et moi, il y a le fantôme de notre histoire qui m'attend d'un air anxieux, sur ses gardes. Comme il a hanté pendant des mois les quartiers de Paris où nous étions passés. Ce spectre qui ressemble à ces êtres qui, ne sachant pas se défendre, attaquent d'emblée et font mal. Mais lui aussi, j'ai appris à l'aimer comme une partie de moi. De nous. Elle, je l'aime encore ainsi. Bien après la fin de l'histoire. C'est rare d'avoir été vu, écouté, d'avoir partagé son cœur, ses livres, sa musique. Ça ne s'oublie pas. On a pris garde pendant longtemps, quand on se retrouvait à certaines terrasses, de ne pas replonger. Il s'agissait de ne pas rediffuser l'ancien chagrin. Parfois j'y arrivais et c'était magnifique. Parfois je me révoltais en me disant qu'on était très bien ensemble et je rentrais chez moi épuisé de devoir demeurer séparé.

Certes, ce soir-là, je venais pour la retrouver. Mais tels qu'on était à présent. Elle n'était plus un remords, un regret d'avenir avorté.

Je suis pourtant content d'être seul pendant ce concert. Ça permet de le goûter totalement, sans se soucier de ceux qui vous accompagnent. D'absorber les symboles sans se demander ce qu'ils signifient pour d'autres. J'ai toujours la hantise d'aller au cinéma avec quelqu'un. Je passe la séance à me demander ce que mon voisin en pense, à espérer que ça lui plaise. Et je m'oublie.

Ce soir, je suis déjà dans une sorte de contemplation et d'introspection profonde. De recueillement. J'ai toujours aimé ça. Depuis ma première enfance, mes plus grands plaisirs ont été solitaires.

Rien n'a encore commencé. La salle est pleine. Brisant l'attente, un sifflet s'élève et me fait sursauter. Des applaudissements sporadiques manifestent leur impatience. Les conversations se confondent dans une rumeur indistincte.

Je suis seul dans la foule.
Heureux.
La vie et le temps peu à peu s'arrêtent.

Le sacré des cathédrales et la ferveur des fêtes païennes.

La lumière baisse comme une nuit qui tombe sur votre histoire, sur votre passé, sur votre fardeau et vos contours. Vous devenez ombre parmi les ombres et totalement consacré à ce présent, un baptême du feu.

La scène attend les esprits qui vont la transcender. Vous aussi. Vous oubliez le reste. Tout le reste.

Le rideau se lève.

Les musiciens s'avancent. Élégants. Apprêtés comme des garçons de café. Je souris devant le batteur et son chapeau pour la raison innocente que j'en ai un moi-même. Je caressais l'idée d'en porter un depuis le lycée, quand j'avais la lubie de m'habiller en homme du XIXe siècle, m'accoutrer façon Baudelaire. J'avais hérité d'une montre à gousset ancienne que l'on devait remonter et qui ne marchait qu'une heure. Une scène de chasse était gravée au dos. Elle devait être dans la famille depuis une centaine d'années. J'avais acheté une chaînette. Je la portais crânement. Avant même que Patti entre de son pas résolu, cette version de moi-même me revient. Cela fait l'effet de retrouver un ancien déguisement, un mirage que l'on prenait pour soi. C'était juste, à l'époque. J'ai la surprise de m'apercevoir que ça l'est toujours.

Ce matin, j'ai reçu un mail qui me disait que Patti Smith était une grande dame, mais qu'elle était l'incarnation de temps révolus. C'est vrai. Il faudrait une relève, s'impatientait ma correspondante dans une obsession qui était sienne. Honnêtement, je n'en suis pas sûr. Comme si quiconque pouvait ressembler ou reproduire ce qu'est Patti Smith ou l'époque qui l'a engendrée. On est chacun l'incarnation de tout ce qu'on a traversé, de tout ce qu'on a ressenti, de l'époque qui nous porte. On est des exemplaires uniques, même si on se ressemble parfois et qu'on partage des tonnerres et des emportements. On ne peut rien ressusciter. Et c'est tant mieux. Le temps qui passe est une belle chose. Il ne faut pas s'agripper comme des noyés aux secondes qui sombrent.

Patti Smith a soixante-huit ans. Et n'a aucun mal à incarner celle qu'elle était à vingt-huit. Quand on est honnête, on garde en soi la trace des anciens temps. On maintient vivants nos fantômes chéris, qui viennent étoffer notre voix de leurs anciens murmures. La nostalgie ou la colère devant ce qui n'est plus et s'est évaporé, c'est pour les abrutis. La beauté reste en soi. Toujours. Tant qu'on a du souffle, elle existe dedans.

Une conférencière me parlait l'autre jour de la nécessité de se demander soi-même en mariage. De s'aimer comme on aimerait qu'on vous aime. Pour que ça rayonne autour de vous. Sans rien demander d'autrui. Juste savoir qu'on ne se quittera jamais, qu'on pourra toujours compter sur ce qu'on est, sur notre parcours, sur notre chaos, et qu'il nous incombe de le célébrer et de le trouver beau. C'est ce que Patti s'apprête à faire.

Un murmure extatique enfle.

La dame s'avance. Altière. Et paradoxalement très simple. En costume sombre que ne vient rehausser qu'une chemise claire sous le gilet et la veste. La chevelure blanche. D'une humanité et d'un charisme de chaque geste, alternant les sourires et l'emphase. Jusque dans son maintien.

Je suis loin d'elle. Je ressens une désincarnation, un zoom avant.

D'un coup, je vois le monde comme William Blake l'entendait, infini. Quelque chose de mystique. De religieux et de sacré. La foule et moi, on devient des sorciers indiens, des derviches tourneurs. Quand le noir se fait, s'éveille une sorte d'extase antique, immémoriale et au premier degré. Tout est balayé et il ne reste que l'âme à nu des gens qui sont là. Les âmes dansent. Se blottissent les unes contre les autres.

Ça renvoie à l'enfance. À la mienne. À celle du monde. À celle de l'humanité. Je me souviens d'un rêve qu'on m'a raconté, des hommes nus qui dansaient leur joie autour d'un feu au cœur d'une forêt.

Dans son enfance, la jeune Patti dormait peu. Elle s'adressait à la divinité qui, parfois, vient visiter les enfants dont les paupières ne sont pas closes. Elle avait substitué à la prière classique ce qui occupait ses pensées. En lieu et place de « *If I die before I wake Pray the Lord my soul to take* ».

Elle était une gamine, avec un côté chef de bande. Elle était surtout maladive, à part et en marge des bons vivants, mise en quarantaine parce qu'elle avait la scarlatine. Elle se réfugiait dans les livres. Elle formulait des conversations solitaires avec un Dieu problématique, le soir, dans la solitude de sa chambre. Élevée par sa mère en témoin de Jéhovah et par un père largement mécréant.

Elle dessinait, écrivait des poèmes. Elle me ressemblait comme une sœur, même dans l'enfance.

Alors quand je la vois, je suis violemment ému.

« Mon semblable, mon frère. » Baudelaire me revient sans cesse aux grands moments de la vie.

J'ai l'impression que c'est lui aussi qui m'a mené jusque-là. Devant elle.

Patti Smith se saisit de l'album *Horses*. Lit le texte de la pochette de sa voix profonde. D'une voix éternelle qui ramène le souvenir de tout ce que j'ai vécu avec E., auprès d'elle. La cérémonie païenne commence et le navire s'ébranle. L'impression d'un voyage. D'une vision trouble. D'un trip.

Gloria

La voix scande les premiers accords de *Gloria*.

« *Jesus died for somebody's sins but not mine.* »

Ça commence doucement. Une transe, une caresse, une tempête annoncée dans une brise. La menace d'un vertige. Récolter les raisins de la colère et de la passion. La folie des étreintes, des révoltes et du désir. La beauté d'une femme qui se libère.

Ça commence à l'image de cette fin d'après-midi aux nuages sombres, il y a quelques années, lors de mon premier voyage aux États-Unis. On avait dédaigné les 4 x 4 poussiéreux dans lesquels les Navajos entassent les touristes pour leur montrer Monument Valley à vitesse grand

V. Mon père au volant de la voiture de location roulait au pas, au pied de ces falaises aux allures de cathédrale. J'étais plongé dans la mythologie et dans les westerns de John Ford. Ça ressemblait à ma culture qui partait dans tous les sens. Moi qui ne suis souvent que spectateur des choses, j'avais la sensation étrange de faire partie du paysage. Le GPS était perdu et racontait n'importe quoi. J'ai fini par le couper. La journée s'avançait, de plus en plus étrange. Le silence s'épaississait. Le recueillement s'imposait doucement. On passait dans un autre monde, une autre dimension. On entendait presque le murmure des souvenirs lointains, des défunts. Le soir tombait. On fit un dernier arrêt juste avant de quitter les lieux. L'air était chargé d'électricité et d'une pluie dense qui allait laver nos traces dans le désert après notre départ. Le vent faisait un sifflement étrange. Ma mère déclara, la gorge serrée, qu'on ressentait l'esprit des disparus. J'étais debout sur mes béquilles. Je ne disais rien. J'avais les larmes aux yeux.

Souvent les décors que l'on rêve dans nos mythologies intimes ne supportent pas l'épreuve du souvenir. Rien n'est pire que de rencontrer ses héros. De voir qu'ils existent. Je souscrivais à cette idée frileuse qui nous murmure qu'il vaut mieux ne jamais réaliser nos rêves. Se tenir tranquilles et sans un mot plus haut que l'autre. Ne pas déranger. Ne pas trop crier. J'étais obéissant. Je ne sais plus trop par quel caprice de l'histoire on a fini, mes parents et moi, par entreprendre ce voyage en Amérique. Je le voulais depuis longtemps. En me disant que c'était lointain et inaccessible. Pourtant, je serais passé à côté de moi. En Amérique, j'ai été moi. L'accès des paysages ne m'était plus interdit. Je ne voyais pas le monde de loin. Au pied des montagnes et pas à leur sommet. Habitué à devoir prendre les chemins détournés, à toutes ces questions qui pourrissent chacune de mes spontanéités, ces détails pratiques que j'ai en horreur. Pendant deux semaines, là-bas, je n'ai pas connu l'autocensure. Peut-être était-ce une illusion, mais le temps qu'elle a duré, elle a été fort belle. Pour la première fois, je pouvais devenir autre chose qu'un enfant sous surveillance.

Je sais que E. est quelque part dans la fosse. Je sais que ce voyage américain est celui qu'on avait prévu ensemble et qu'on n'a pas fait. Je sais qu'elle ne me connaîtra jamais dans la libération de ces contrées lointaines. Cette lumière étrange où je me ressemblais. Où j'étais plein des univers qui m'avaient formé. Des chansons qui m'ont inspiré. De l'âme des Indiens d'Amérique par laquelle j'avais découvert le rock et les Doors. Quand j'ai su qui j'étais.

Mon enfance a été marquée par l'hésitation avant cette épiphanie. J'étais un enfant sage. Docile. Craintif. Avec des angoisses plein le cœur qui ne s'exprimaient que dans les hommes ridés, tourmentés, que je dessinais avec force détails. Des visages graves et effarés qui se retrouvaient révélés comme des mystères, à petits traits saccadés comme des tirs de mitraillette. Ils rythmèrent toute mon enfance. Dans la grande maison où j'ai grandi, ce corps de ferme au milieu d'un village de trois cents âmes, environné de champs marron et ternes qui rendraient n'importe quel impressionniste dépressif. Cette campagne que je trouvais grise et glaciale, où l'hiver ressemblait à une longue nuit. C'était un peu comme vivre sur le Mur dans *Game of thrones*. Tout était rythmé par le tic-tac métallique des grandes horloges en bois qui, encore maintenant, me fait un effet sinistre. Avec les heures sonnées par le clocher de l'église comme une bande originale. Le drôle, c'est qu'encore à présent rien ne change. Dans certains villages alentour, même les peintures craquelées sur les portes des garages sont semblables à celles de mon enfance, quand mon frère et moi on faisait du vélo (moi juché sur mon tricycle que j'avais un mal de chien à entraîner, et lui tentant de me semer pour se livrer à un obscur trafic de bonbons). On errait dans les rues, toujours les mêmes. À tenter d'inventer des histoires pour égayer l'immuable.

Le monde était immobile. On pouvait là-bas se souvenir d'il y a cent ans assez facilement, ressentir une proximité avec l'éternité.

Il paraît que, frappé par l'histoire, je donnais conférence à mes camarades sur l'Holocauste ou la Révolution française. J'étais déjà plein de temps révolus. En fait, je n'ai eu que très tard le sens du monde qui tourne. Dans l'enfance, il semblait pétrifié, en attente. Moi aussi.

La maison était vaste. Mes parents, jeunes mariés, l'avaient achetée pour sa grande pièce et son impressionnante cheminée de pierre. Mon père allait la retaper. Avec l'aide d'un arrière-grand-père charpentier. Je m'en souviens comme d'un endroit étrange, labyrinthique, impressionnant. Un vieux galion grinçant. Immense. Avec des poutres qui craquaient. Une grille mal huilée. Le berger allemand des voisins qui hurlait à la lune pendant la nuit. Les meubles rustiques semblaient avoir déjà appartenu à des générations de fantômes. Tout ça ne me mettait pas très à l'aise. Même si j'y étais quasiment né, je ne voulais surtout pas demeurer seul dans ma chambre à l'étage et je restais au salon, mes jouets éparpillés sur le tapis, près du canapé où mes parents regardaient la télé. Ne pouvant pas marcher, je passais ma vie à quatre pattes, à ras de terre, à organiser des poursuites avec mes petites voitures, à improviser des combats dans le vide, à m'imaginer chevalier, héros antique, boxeur ou cascadeur. J'accumulais déjà pas mal d'incarnations.

Quand je voyais quelque chose qui me plaisait, la plupart du temps un film, il fallait que je le rejoue. Souvent un événement de fiction pouvait m'atteindre de façon très tangible. Par une série japonaise cheap dont le héros se transformait en robot pour combattre les forces du mal, j'ai connu la mort du père. Le glorieux shérif de l'espace tombait à genoux et s'effondrait de manière assez convaincante (ce n'était pourtant pas Al Pacino), terrassé de douleur à se retrouver orphelin. D'incontrôlables sanglots m'ont alors submergé. J'ai compris qu'un jour, mon père aussi allait mourir. Et que je me retrouverais à peu près dans la même situation (sans pour autant pouvoir me transformer en robot, un malheur n'arrivant jamais seul). Ma mère eut toutes les peines du monde à me réconforter.

En regardant *X-Or*, j'ai découvert la condition humaine. Bien avant les livres. J'en avais le pressentiment cependant, de cet appel des mots. Il me faisait presque peur, ce grand murmure.

Je tournais autour de la bibliothèque familiale avec un respect religieux. Pourtant je ne lisais pas. Je n'aimais pas ça. Les livres ressemblaient à des tombeaux. À des choses impressionnantes et un peu hostiles. Moi, j'étais un vagabond. Un amoureux et un rêveur. J'essayais de comprendre. Tout. J'avais de l'impatience. Et de l'agacement pour tout ce qui m'était interdit. Je trépignais. Je bouillonnais. J'avais besoin de quelque chose, d'un détonateur. J'imitais, j'observais, je singeais beaucoup, comme un acteur en quête de son rôle. Mon grand-père avait l'accent parisien très prononcé, un truc de sa jeunesse sur les fortifs, vers la porte des Lilas. Alors moi, le gamin de la campagne, je me mettais à parler avec les « r » gouailleurs d'un gavroche des faubourgs.

Rien ne m'a attiré comme Paris. Aucun autre endroit. Mes parents invitaient beaucoup de gens dans cette maison, elle était le lieu de villégiature de tous leurs amis parisiens, et le décor de fêtes folles. Une ambiance de carnaval explosive qui en faisait un curieux îlot d'insouciance le week-end. Je voyais ces adultes redevenir enfants, et je me disais que la vie c'était ça, la fête partout. Mais la vérité, c'est que je chérissais le calme entre ces déchaînements. Je n'aimais pas les groupes, je m'y effaçais littéralement et ils me dépossédaient de moi-même. Les vieux amis de mes parents reparlent de ces souvenirs bénis l'œil humide. Moi, j'attendais que ma vie débute.

Le jour où j'ai découvert Paris, j'ai su que j'avais un ancrage, que c'était chez moi. Et j'oserais même dire que, en revenant de Rome ou de New York, je me consolais vite en me disant qu'aucune ville ne soutenait la comparaison. Ma France, mon idéal, c'était Paris. On sait quand on rencontre le décor où on a envie de vivre. Les mondes que l'on porte en soi. C'était à Paris qu'il me fallait revenir. Là où la pulsation vivait. Celle des poètes. Celle des gens que j'étais censé rencontrer. Celle des gens que j'étais censé devenir. Pour dissimuler l'accident que j'étais de naissance. Dissimuler le malentendu de l'incarnation. J'étais de Paris. J'ai toujours été de Paris. Les immeubles m'émerveillaient comme des vaisseaux d'un autre monde.

Hormis mes parents, on lisait peu dans ma famille. Par chance, ils ont pu distinguer l'étincelle et n'ont jamais découragé mes retraites. Mon frère jumeau chantait, jouait de la musique, avec une impressionnante oreille musicale. Il a été artiste au départ. Pas moi. Pas du tout. Moi, j'étais larvaire. Je me cherchais. Il me fallait devenir ce qu'il était déjà.

C'est par la musique que je me suis métamorphosé d'abord. Les mots de Renaud que je ne comprenais pas toujours, mais que j'écoutais depuis un moment, avec la magie phonétique qui naît de la poésie : bien avant qu'on en saisisse le sens, on en a le sentiment. Je n'avais que mon intuition pour naviguer à vue. C'est par le son et les images, celles du cinéma, que je suis venu doucement aux mots. Aux histoires dont j'accompagnais mes dessins. J'esquissais des navires en murmurant *L'Odyssée* d'Homère. De terribles tirades, de grandes trahisons et de grands serments. J'absorbais tout. Dans les mangas, dans les albums d'*Astérix*, dans les chansons. J'étais hanté par la volonté de briser la gangue dans laquelle j'étais emprisonné. Devenir quelque chose. De sauvage. Un truc déchaîné et unique. Un truc comme une inspiration brute. Je débordais des poèmes que je ne savais pas écrire. Je m'abîmais dans des passions pour des filles qui me déchiraient comme un héros shakespearien. Je fourmillais de rêves immenses et de cauchemars absurdes.

Quand je pense à cette chanson, *Gloria*, je me revois seul à faire des tours de la cour de récréation dans cet énorme fauteuil roulant électrique qui m'engloutissait totalement. Qu'on m'avait prescrit par commodité et qui s'apparentait à une condamnation à mort, et faisait ressembler mon affreux collège, aux couleurs sorties du mauvais goût terni des seventies, à un pénitencier psychédélique. J'étais là, débarqué de ma campagne dans cette banlieue étrange et tapageuse, avec le sentiment de n'appartenir à rien, de ne me reconnaître en rien et de n'avoir pas d'amitiés profondes. Mon meilleur ami fut Jim Morrison.

Je me souviens de la furie de son interprétation de *Gloria*. Son caractère ouvertement sexuel. Je ne savais pas qu'on pouvait porter la chanson à ce degré de suggestion, de transgression. Patti emporte cette reprise à un autre degré encore. Celui du sacrilège. De la révolte absolue. D'une femme conquérante qui assume son désir sans mauvaise conscience. On rejoue le péché originel et on emmerde le paradis perdu. On vit. Parce qu'on est des accidents, des malentendus.

J'ai toujours eu la conviction de cette farce primitive. La vie m'était tombée dessus et m'avait joué un mauvais tour, de n'exister que par une faveur étrange, une dérogation dont il me fallait tirer le meilleur. Je suis né prématuré et à peine viable. Ceux qui se pressaient contre la couveuse, pour contempler ces deux êtres d'un kilo deux et en sursis, avaient la mine grave. Sur les photos de mes premiers jours, je ne vois pas grand-chose d'autre que ça, un bébé dans un aquarium avec des perfusions et une jaunisse que l'on devine carabinée malgré le noir et blanc. L'inquiétude de mes parents est encore palpable quand ils parlent de nous. L'ombre du désastre. Ma vie a commencé dans cet effarement.

Il y eut ce regard, entre ma mère et moi. Après l'accouchement imprévu, traumatisant, alors qu'elle était alitée depuis des semaines pour le retarder, elle avait peur. Elle sentait confusément que sa vie basculait et que notre naissance n'était pas nimbée de la belle lumière et du bel espoir qui accompagnent l'événement d'ordinaire. Mon frère avait des problèmes respiratoires et moi rien de visible encore.

Cette petite jeune femme inquiète faisait face à ses pires craintes. Elle avait vingt-six ans. C'est horriblement jeune pour affronter de telles questions de vie et de mort. On commence à peine à vivre et à savoir qui on est à cet âge. On lui amène le bébé, moi. On le couche près d'elle. Elle m'a raconté ce premier regard échangé. La quiétude de ce moment au milieu du chaos. Cette âme semblable qu'elle ressentait déjà. Je m'en souviendrais presque.

Mon frère s'en est mieux sorti. Moi j'en porte encore les stigmates, de notre naissance, un rappel constant de ma curieuse entrée au monde. Me retrouver infirme est presque un moindre mal. Je suis né en me tenant en équilibre instable sur la vie. Flirtant avec la chute et bien trop sur le bord. En dehors des clous et des références. Il a fallu les improviser. Finalement, la rébellion était presque un passage obligé. La volonté farouche de se tracer un chemin puisque les panneaux et les boussoles n'étaient valables que pour les autres.

Je me suis concentré sur les choses qu'on ne dit pas. La parole n'est souvent qu'une transaction. On donne le change, on se manifeste, mais ça ne veut rien dire. Ce qu'il y a dans un geste, dans un regard, dans un baiser est un secret beaucoup plus puissant que tout ce qu'on saura jamais dévoiler. Un frisson, son éternité, ce qu'il révèle de nous. Ça s'attarde sur la peau. Ça demeure comme un tatouage. Nous, ce n'est que ça. Ces secondes suspendues. Le reste c'est pour la continuité, pour le script, pour qu'on y comprenne quelque chose. Mais au fond, ça compte vraiment ? L'ennui à l'école, les profs un peu cons et les mauvaises notes en sciences ? Chaque fois que je fais la connaissance de quelqu'un, j'ai envie de savoir ce qui le fait rire, ce qui le passionne, ce qui le déchire. Il n'y a rien d'autre à comprendre des autres. Et il ne faut surtout rien écouter de leur bavardage. J'ai aimé provoquer ça. J'ai emmené à l'opéra des proches qui n'osaient pas y entrer. Être responsable de cette émotion dans le regard de ceux que j'aime. C'est mon orgueil. C'est mon plaisir. C'est se créer des souvenirs. C'est se dire qu'ils ne pourront plus jamais écouter un extrait de *La Traviata* sans m'envoyer une pensée.

« Tu aimes trop les autres », m'écrivait hier une auteure que j'adore. « Aime-toi un peu plus. » Le conseil est beau. Le reproche est juste.

Ma place est dans le public, dans le noir, à aduler ceux qui sont dans la lumière des projecteurs. Je les laisse m'emporter et me dire qui je suis, me prêter des T-shirts et des slogans à opposer au reste du monde. Tous les savoirs qu'on accumule pour s'ignorer soi-même. Pour ne pas à avoir à affronter le démuni dans le miroir.

Quand j'étais môme, je forçais mes sourires et je forçais ma voix. Pour ressembler aux autres. Pour me joindre aux rires contraints et aux goûts du jour. J'essayais d'être charmant tout le temps. Je faisais tout pour faire oublier ce fauteuil roulant que les gens voient en premier quand ils posent les yeux sur moi.

En découvrant la musique, je me suis découvert révolutionnaire, anarchiste, totalement rétif à tout esprit de groupe, à toute autorité. Le contraire de ce que je faisais semblant d'être. Je sortais à peine de l'enfance. Je sentais cette dissonance, dans tous les jeux et dans toutes les classes. Je sentais la méfiance et même l'hostilité des autres devant une étrangeté que je ne m'expliquais jamais vraiment. J'aimais ça. Profondément. Viscéralement.

Quand mon frère évoque les jeux, les bonbons, sa mémoire n'est jamais la mienne. Je me souviens des films. Je me souviens des musiques. Je me souviens des frissons et des rêvasseries. Je me souviens de quand j'imitais Bruce Lee, Clint

Eastwood ou Rocky. Je me souviens des guitares dont j'ai toujours voulu jouer. Je me souviens de tout ce que je n'ai pas vécu et dont je portais déjà l'espérance et le deuil. Les fascinations singulières qui parsemaient mon quotidien. Les poèmes que j'apprenais très vite, en les lisant une fois ou deux. Ils ressemblaient à une langue ancienne que j'avais toujours su parler.

J'attendais la fin de semaine où on récitait des poésies. On devait les piocher dans un grand fichier métallique. Dans l'école de ce petit village où il fallait trois classes pour additionner vingt-cinq élèves. Ils venaient aussi des villages alentour. Une jeunesse clairsemée qui, au fil du temps, avait déserté la campagne. Les vieux parlaient avec émotion des villages qui peu à peu se décharnaient, perdaient leur boucherie, leur épicerie. Des volets souvent demeuraient clos et les peintures se craquelaient. Nous, on faisait du vélo au milieu comme les derniers des Mohicans, dans des lieux dont la vie avait hâte de déménager. J'avançais prudemment, mais j'étendais mes promenades aux limites des rues connues, faisant volte-face toujours un peu plus tard. Goûtant ces bribes de liberté de mouvement que me permettait mon tricycle étrange et écarlate. Des escapades craintives, des avenirs qu'on n'ose pas. J'avais peur d'être seul et je ne rêvais pourtant que de ça. Je me demande si je ne m'effrayais pas car les adultes craignaient tous pour moi. J'avais ingéré toutes leurs préventions.

Je craignais les oies qui se baladaient autour des fermes. Les vaches m'indifféraient. J'aimais bien m'attarder près de la rivière, là où c'était trop loin, là où on n'avait pas le droit d'aller et où on était attirés, il y avait des mûres sur les bords du chemin. Parfois on en mangeait. Je n'aimais pas ça, c'était acide. Mais j'aimais bien les cueillir.

Les premiers bouquins que j'aie lus vers six ou sept ans étaient des bouquins d'aventure (Jack London, Frison-Roche ou Stevenson). Il y a peu j'ai redécouvert l'Afrique dans un roman, *Djibouti*, les lumières, les gens, les odeurs. Corto Maltese. Je ne rêvais que de ça. Et d'Ulysse. Mais j'étais loin d'être un intellectuel. Je suis un sensuel contrarié, depuis le début. Tout passe par le corps. Même les mots, surtout les mots. On doit transpirer quand on les sort de soi. On doit s'essouffler. Ça doit vous vider, être une nuit d'amour ou bien un marathon. Sinon ça ne veut rien dire.

À l'école primaire, je n'étais pas en fauteuil roulant. Je n'en avais pas. Mes parents en rejetaient l'image et tout ce que ça représentait. Il fallait négocier avec des instituteurs parfois rétifs à m'intégrer au milieu ordinaire. En ce temps-là, et dans ces campagnes, il n'y avait pas d'autre alternative que la pension pour moi, avec d'autres handicapés. Quand on ne sait pas s'en occuper, on regroupe les gens ainsi, par catégories, à l'abri des regards. Les vieux ou les malades à l'hospice et en vase clos. C'était hors de question. J'étais sur un vélo à trois roues dans la cour de récréation. Mes parents faisaient tout pour ne pas m'affubler de l'accoutrement qui normalement accompagnait mon infirmité. Je suppose qu'ils ne voulaient pas l'accepter eux-mêmes, en assumer le fardeau. À l'époque, la chose était encore taboue. Dans ma tête, je n'étais absolument pas différent des autres.

Je ne supportais pas les regards obliques et compatissants que les vieilles grenouilles de bénitier de ma rue faisaient peser sur moi. Elles guettaient mon passage pour m'assaillir d'un « il a grandi » ou « il a fait des progrès », que je recevais automatiquement comme « il est trop petit » et « il ne marchera jamais ». Parfois aussi, des vieux mal renseignés croyaient que j'avais également un retard mental. J'entendais souvent « il ne sait pas marcher », comme si c'était inconcevable. Une énormité. Une débilité ou du moins un soupçon. J'ai dû passer toute une partie de ma vie à prouver mon intelligence. À chaque début d'année scolaire ou presque, démontrer que je n'étais pas inadmissible, inadapté, partie prenante de la communauté. Au collège encore, en parallèle des conseils de classe, on organisait des « synthèses » avec moi comme seul sujet, en s'attardant sur mon seul cas. Quand j'y repense, c'était infâme.

Je n'ai pas trop fait d'histoires. Malgré ma nullité (suspecte) en maths, j'ai été bon élève. Mais tacitement et très tôt, je me suis senti isolé, à part. J'ai ressenti une forme d'hostilité sociale : la pression de la norme m'enjoignait de la suivre sous peine de condamnation, d'exil ou d'internat. C'était d'une grande violence. J'ai fini par préférer mon quant-à-soi pour ignorer le rejet qui me menaçait en permanence. J'étais exclu des jeux des autres et l'avenir ne m'appartenait pas.

Dans la solitude, je me jouais des épopées avec des figurines improbables et musculeuses sur la banquette arrière de la voiture. Pelotonné dans le trou, contre le siège conducteur. Les ceintures de sécurité n'étaient alors pas obligatoires et j'avais là mon monde. Ça a été ma première scène, ma première page blanche, pleine de combats et de serments vengeurs et alambiqués.

J'ai passé une partie de mon enfance dans la voiture. Peut-être la plus heureuse.

Ma pathologie imposait des voyages à Paris, deux fois par semaine, pour des séances de kinésithérapie. À un an et demi, je ne tenais toujours pas assis quand mon frère gambadait. Ma mère, Cassandre inquiète, avait relevé l'étrangeté de la chose et on avait fini par diagnostiquer mon infirmité motrice (désignée récemment sous sa dénomination américaine plus adéquate de « paralysie cérébrale »). Je ne serais jamais Nijinski. Et je le regrette sincèrement. Je sais que, quelque part, je serai toujours cet athlète contrarié. Je rêve d'efforts et de violences. Je rêve de longues marches dans le désert.

Toutes ces pensées me venaient en voiture. J'étais libre durant ces périples, sans la société, sans la classe, sans le jugement de tous mes semblables. Je crois que c'est pour ça que j'ai tant aimé *Sur la route* et Kerouac plus tard (l'un des rares bouquins que j'aie lu plusieurs fois). J'aime le présent tout simple qu'imposent les trajets. Cet espace de vie et d'attente à remplir. Sans obligation. Indécis entre l'endroit qu'on a quitté et celui qu'on rejoint. Un moment de respiration et de répit incroyable. Une faille temporelle étrange où l'on n'a pas d'autre choix qu'être soi, simplement. Ce suspens qui vous dépouille de tout le superflu et fait naître des pensées que vous ignoriez nourrir. Souvent vous reviennent des visages que vous n'attendiez pas. Voir la route défiler, c'est se laisser aller aux rêves, aux inaccomplis, aux possibles.

Maman conduisait. Pendant nos voyages, on chantait des chansons à tue-tête dans notre guimbarde. Elle me donnait des cours de mythologie accélérés. Elle me racontait ces films dont l'histoire m'a si souvent captivé, maman que je découvrais ma semblable, maman qui fut comme le parachèvement de mon cœur. Maman, petite et infinie, qui à chaque conversation transporte l'âme vers les grandes idées éternelles. Maman qui ne connaît pas tout de la vie et qui l'admet, mais qui nous dit ce qu'elle a pu glaner çà et là. Maman, probablement ma plus grande amitié fusionnelle. Elle qui m'a fait découvrir Brassens, les Doors et Maupassant, et un nombre incalculable de films. La seule personne au monde dont je ne crains pas la réaction lorsque nous sommes au cinéma ou au spectacle car elle a la même que moi. Maman, donc. La plus belle des consolations. Grâce à elle, j'ai su que le monde pouvait être grand. J'ai su ce que c'était que l'art. Elle m'a ouvert la porte d'un univers où j'avais ma place, où un peu de bonheur m'attendait et où ma naissance n'était pas vaine. Elle est timide, sauvage et réservée. Le monde pourra passer sur elle, elle s'effacera devant lui, sera complexée par tous les groupes. Mais moi je la connais comme un secret, ma promesse de l'aube.

Gloria s'élève toujours.

Au fil de la chanson, je retrouve les nuances de mon passé. L'image réapparaît sur le polaroid qui se développe.

Ça remonte.

Ça recouvre ses couleurs.

Ça se reconstitue.

Comme un souvenir brumeux et flou sur lequel on fait le point.

Ça foudroie comme une fin d'amnésie.

C'est sauvage, les souvenirs. Vous êtes seul devant. Vous dansez avec Patti même si vous sentez bien que c'est dangereux de vous approcher si près du feu. Celui qui brûle à l'intérieur et dont le cours des jours semble vous distraire. Pourtant souvent elles sont là, les fourmis dans les jambes et les envies d'éclater. Les envies d'être soi.

Cette Gloria est trop belle et vaut toutes les damnations, tous les cauchemars qu'on va lui vouer.

Elle ressemble à celle pour qui j'ai écrit mes premiers poèmes. À mes amours d'adolescent. Ces trucs romantiques au premier degré. Ces poésies qui ne mènent à rien puisqu'on ne peut pas les vivre. Ces désirs vénéneux qu'on tente d'apprivoiser bien au chaud de son ventre. Ces beautés qu'on célèbre. Qui font l'invasion de votre intimité. Les racines de votre inspiration aussi. Peut-être que, ces filles-là, elles vous éviscèrent. Peut-être qu'il faut saigner de ce sang-là pour coucher ses premiers mots sur la page. Je me souviens de la première qui m'ait fait souffrir. De la première qui m'ait donné envie d'écrire. La première pour qui la parole et le réel ne suffisaient plus.

Elle était belle. Elle ressemblait à Cindy Crawford, disait-on partout dans le collège. Moi, j'errais sans but et sans espoir de me trouver une tribu. Je ne savais pas comment lui parler. Je n'ai jamais su parler aux femmes que j'ai aimées. Souvent je n'osais même pas, ou si je le faisais, c'était dans une effroyable perte de contrôle qui me faisait dire absolument n'importe quoi, des choses dont je traînais la honte encore plusieurs années plus tard. Je ne savais pas comment faire (et d'une certaine manière, c'est toujours le cas), comment me dépêtrer de ces élans violents qui renversaient le monde, et de ces visages qui, d'un seul coup, prenaient tous les nuages. Je ne savais pas que c'était ça, l'inspiration.

Je suis tombé amoureux de « Cindy Crawford ».

Pendant pas mal d'années, je lui ai écrit des poèmes. Des choses étranges qui dévoilaient mon inconscient, moi qui n'avais rien vécu. Ça parlait d'étreintes, de passions et de morts. C'était désordonné comme un barrage qui cède. Elle parlait de son scooter, des idoles du moment, des garçons, de ces étranges drames collégiens et dérisoires, que je serais bien en peine de me rappeler, mais qui étaient primordiaux à treize ans.

Son regard changeait quand elle me lisait, son avis sur moi aussi. Ça réveillait quelque chose de plus profond et de plus grave. De plus mystérieux et inquiétant aussi. Ce regard-là, je ne l'ai jamais oublié. Ce regard-là disait ce que provoquait l'écriture. Ce qui était intraduisible en paroles et en actes. Ce qu'on ne pouvait vivre et pourtant ce qui faisait vivre.

Dans ce collège, dont je n'ai pas un bon souvenir, ce milieu carcéral où je me sentais piégé au milieu de gens à qui je ne parvenais pas à me lier, il y eut cette épiphanie-là. Cette fille qui n'a pas découragé mes premiers mots.

Longtemps je me suis demandé ce que « Cindy Crawford » avait fait de ces poèmes. La recroisant il y a quelques années, elle m'a dit qu'elle les avait toujours et qu'il lui arrivait de les relire avec tendresse. Elle se souvenait de moi. J'étais heureux.

Je crois que j'étais terrifié à l'idée qu'on m'oublie. Être effacé de la vie des gens tel un rêve au réveil. Être condamné par des phrases comme « comment s'appelait-il déjà ? ».

C'est à ce moment de mon adolescence que j'ai connu *Gloria*, et le rock. Dans cette chanson, il y a ma naissance. La vraie.

Dans la voix de Patti Smith, j'ai cessé de me fuir.

J'ai retrouvé l'urgence et le présent.

Celui qui donne du souffle.

Celui qu'on sent passer.

Pas de jeux de lumière élaborés. Pas de décors derrière Patti et les musiciens qui l'accompagnent depuis si longtemps. Pas de feux d'artifice ou de costumes à paillettes. Juste des esprits qui dansent au-dessus des flammes d'un enfer qu'on croyait disparu. Des images tremblantes d'une chaleur et d'un souffle retrouvés.

Ce n'est pas un concert, c'est une séance de spiritisme.

Le religieux et le vaudou. Patti ressemble à une prêtresse. À une femme chamane qui entre en transe et y entraîne sa tribu. J'ai l'impression de revivre quelque chose d'essentiel et de primitif, entre *Little Big Man* et *Danse avec les loups.*

Patti Smith a toujours été fascinée par la sauvagerie du rock, dont l'esprit commençait déjà à être corrompu en 1975. Elle en rappelle l'intégrité. Le caractère indomptable. La jeunesse éternelle que rien ne saurait dresser. Celle des poètes *beat* auxquels elle s'est liée tôt (Allen Ginsberg ou William Burroughs), comme pour sauver ce qui pouvait encore l'être.

Sacraliser la parole des rescapés. Les rattacher à une longue tradition de hors-la-loi célestes. D'Arthur Rimbaud à Jean Genet.

Les morts ne dérangent plus grand monde, même quand ils furent des révolutions, parce qu'on a étouffé leurs cris, leurs insoumissions, sous la quiétude hypocrite des pierres tombales. La vocation de Patti est de raviver leur insupportable liberté. De l'invoquer dans le cœur de tous ceux qui font cercle autour d'elle. Ceux qui décèlent dans sa poésie une incantation ancienne. L'anarchie qui l'accompagne, comme un sursaut de conscience. Elle est une piqûre de rappel, une insolence intacte pour l'éternité, l'affirmation qu'aucune médaille, aucune académie et aucune éducation bourgeoise ne saura récupérer les fous magnifiques qui fascinaient tant Kerouac. Les fous que l'on n'a jamais cessé d'être et de contenir.

Dans cette chanson, il y a un appel. Une invitation à s'approcher de la flamme, à hurler dans une grande explosion « Gloria ! », comme une incantation d'extase collective. Un orgasme qui se libère. Un irrésistible cri au paroxysme du rythme qui, doucement, s'est accéléré, comme un corps qui fait l'amour. Furieusement.

À la dimension spirituelle de ce concert s'ajoute d'emblée cette dimension charnelle, dionysiaque, grandiose.

Souvent je me retiens de danser. Souvent dans mon fauteuil, je me défie de mes mouvements incontrôlables et erratiques quand l'émotion est trop forte. C'est lié à ma pathologie. Je garde les bras croisés, serrés contre moi, dans une pose presque courbée et sur mes gardes. Vivant en permanence dans la méfiance de ces spasmes qui pourrissent ma gestuelle et la rendent aussi hésitante que celle d'un faon qui vient de naître, lorsqu'il tente de marcher pour la première fois.

Mais là, quelque chose se passe. Je m'abandonne et je m'en moque. J'écarte les bras. Je gueule. Je me fous bien de savoir de quoi j'ai l'air.

Parce que je danse autour du feu, dans la forêt brûlante qui vient de se révéler à moi. J'entre dans une vision.

Avant de venir au concert, je me demandais si, à son âge, Patti avait encore l'énergie de cette sauvagerie-là. Si ça n'allait pas être bizarre. Certes, c'est étrange. Anachronique. Mais c'est magnifique. Parce que la femme à la crinière blanche danse, hurle, fait des mouvements hypnotiques des bras, vous tient au creux de sa main.

Et tout est honnête. Rien n'est forcé. Elle est ce qu'elle fait jusqu'au bout des ongles.

Et c'est à couper le souffle.

Quand la chanson se termine, je suis sous le choc. La salle explose d'un cri unanime.

La cérémonie a commencé.

Les esprits entament leur danse.

E. applaudit, quelque part dans la fosse, elle qui a été mon accident et mon plus beau détour.

Je sais que je lui dois une vie, celle que j'ai amorcée pour me guérir d'elle. Les livres qui ont pris sa place. L'écriture qui est revenue doucement, imperceptiblement, par la coulisse, comme si elle ne se savait pas encore invitée. Elle sans qui je ne serais jamais venu ce soir.

C'est curieux comme elle a été immense pour moi et comme je suis incapable de la situer dans la pénombre.

En venant ici, ce n'est pas elle mais mon enfance que j'ai retrouvée.

Redondo Beach

Étrange sensation après la tempête nommée *Gloria*. L'impression d'être sonné. La hantise de reprendre ses esprits et de retrouver la mémoire. La peur que la magie de la révélation s'évapore pour tomber dans cette sorte de fadeur qui vous prend parfois au concert. L'ennui est là, qui vous attend dans l'ombre et vous envahit sans plus de raisons que l'euphorie, à l'instant d'avant, vous a emporté.

Je me connais. Je suis inconstant dans mes emportements et prompt à me lasser quand j'ai compris l'idée et qu'il n'y a pas d'imprévus pour me cueillir. Je suis capable d'arrêter la lecture d'un livre bien avant son terme quand j'ai compris sa logique. Avec l'habitude, je comprends vite. J'ai des tas de livres en mémoire, interrompus comme des coïts trop monotones, des amours trop prévisibles. En amitié, c'est la même chose. Quand je peux anticiper la réaction de mes interlocuteurs, je ne veux plus les voir. En amour et en écriture, je suis pire. Aux concerts, il m'est arrivé d'entrer dans des tunnels d'indifférence qui duraient plusieurs chansons, où j'applaudissais par politesse.

Me connaissant ce détestable travers d'enfant capricieux sans cesse en quête du frisson nouveau – j'ai de bien des manières été un bambin choyé qui ne supportait pas autre chose que de voir ses souhaits comblés –, j'ai peur d'éprouver ça. De perdre le moment. À l'intro de *Redondo Beach*, ma fébrilité est extrême. J'ai besoin d'urgence et de rebondissements, que ma vie ressemble à un opéra.

« Ne perds pas l'extase, ne perds pas l'extase. »

Étrange chanson. Lumière écarlate et gestuelle détendue, mélodie presque allègre. Un reggae morbide. Le contrepied est beau, envoûtant, d'une ironie dévastatrice. Une querelle d'amoureuses qui aboutit au suicide de l'une d'entre elles dans l'océan. Celle qui attend se demande sans cesse où l'autre s'est enfuie, et découvre les regards effarés des gens sur la plage à l'extérieur de l'hôtel. Le visage de la noyée, contemplée par l'attroupement pétrifié, est celui de sa compagne. La violence envahit d'un coup le monde.

J'ai sorti mon iPhone à ce moment, tenté une photo, un zoom pour voir Patti de près alors que, de là où j'étais, je n'apercevais que sa silhouette, sa démarche. Je prends une photo ou deux. Elles seront ratées et floues, comme quand on essaie de saisir un esprit à l'instant où il passe. De grands halos de lumière qui n'ont pas de forme. J'en vois beaucoup brandir ces fétiches des nouveaux âges pour tenter de capter un souvenir. Mais je me dis que c'est une erreur, que c'est une façon de s'abstraire de ce qu'on vit, d'être là et d'être ailleurs, dans le révolu, quand de ces instants magiques ne subsistera qu'une vidéo tremblante et mal cadrée. C'est éprouver déjà la nostalgie du présent et la langueur des avenirs. C'est funèbre, une photo. Vivre un moment comme celui-là, c'est remplir un coffre de pirate ancien de trésors bien à vous, étranges et tarabiscotés, dont vous seul sans doute connaîtrez la valeur et saurez l'estimer, avec la loupe experte d'un diamantaire qui traque sur les précieux cailloux les contours de la perfection.

Ce travers du présent me terrifie, même s'il m'arrive d'y succomber. Cette gratuité. Cette mise à distance permanente. De tous les moments qu'on compilera sur Instagram pour en faire des souvenirs interchangeables. Cette manière de se regarder vivre, de tout mettre en scène en s'oubliant dans le processus. Se regarder manger, jouir, rêver. Espérer que la lumière vous mette en valeur. Un jour, j'ai vu une spectatrice se prendre en selfie pendant un opéra. J'imagine toutes les étreintes stéréotypées qui doivent saturer la mémoire des téléphones portables. Bientôt on devinera derrière les regards la même lumière froide que dans ceux des robots sous tension. Des amours qui se ressemblent tous, accumulés dans les serveurs de la Silicon Valley. Le sourire forcé des icônes étincelantes sur les plages de leur paradis creux juste avant leur noyade. Ce concert, c'est une identité païenne reconquise. Du sang chargé de souvenirs qui s'écoule dans les veines. Je choisis de jouir de ce temps-là en acceptant qu'il passe. De ne rien en retenir. De me laisser porter comme par une respiration.

Au refrain, j'ai rangé mon iPhone et recouvré ma vie.

Devant cette mélodie, cette angoisse à la musique caribéenne, je songe étrangement aux vagabonds de la prime jeunesse de Patti. Ceux qui me passionnaient dans la mienne. Ceux qu'elle a croisés quand elle crevait de faim à New York en 1966, alors qu'elle voulait bosser dans une librairie. Ou n'importe où pourvu qu'elle n'ait plus faim. De cette vraie marge que le mot « bohème » rend romantique depuis Puccini, mais dont on ne dit pas assez les rigueurs. Je songe aux jeunesses des vrais artistes. À ceux qui, faute de gîte et de couvert, dormaient sur les bancs de Central Park quand il était déconseillé d'y déambuler la nuit. La faune étrange et bigarrée qui traînait à Washington Square. Les vieux joueurs d'échecs, les hippies, les artistes affamés. Al Pacino en était, paraît-il. Il dormait dans les théâtres où il répétait ou bien sous les mêmes étoiles que Patti dans le parc.

Je me souviens de l'endroit à New York, découvert lors de mon second voyage aux États-Unis, un an après avoir arpenté l'Ouest et ressenti les esprits de Monument Valley. J'étais là, à trente ans, continuant ma quête de l'Amérique dont j'avais rêvé, dans les films ou dans la musique. Dès la descente d'avion, j'ai déchanté. J'écoutais Dylan en boucle à l'époque, dans l'une de ces fixettes qui me sont coutumières. Je m'attendais à marcher dans ses pas. J'étais conquis d'avance. Et puis j'ai vu les trottoirs craquelés, la foule compacte laide et grasseyante sur Times Square, les façades d'immeubles défraîchies. Parfois un aperçu, une vague survivance de ce qu'on est venu chercher. On voyage en attendant de voir des fonds d'écran confirmés. La ville ne se ressemblait pas. Elle contrariait mon regard.

Je me souviens de l'amertume et de la déception. Les quelques vieux aux yeux éteints devant le damier et le minuteur qui suintaient la misère et l'ennui, des lieux cabossés. Le café Wham fermé. Le quartier presque vide et sans vie. Une errance qui attend qu'il se passe quelque chose. Les banderoles sur la façade d'anciens bâtiments bouillonnant d'arts et de bandits qui disaient « *Bring the bards back* ». Un clodo, hippie égaré dans notre époque, jouait du Johnny Cash sur une guitare qui avait comme lui vu un peu trop d'hivers. C'était triste. À l'image de ces matins décevants où vous avez mal fait l'amour à une femme qui vous rendait dingue.

Mon premier livre, un essai que seuls ma famille et quelques amis à l'objectivité discutable ont pu lire, s'intitulait *L'Amérique que j'aime*. J'étais certain qu'elle existait. Mais en y allant plusieurs fois, comme on poursuit un mirage qu'on ne veut pas lâcher, j'ai su que c'était une vue de l'esprit. Je me précipitais à la poursuite de fantômes évaporés depuis longtemps. Bien avant moi, ma vie, ma naissance et tout ce qui me concerne. L'endroit que vous trouviez beau, peut-être que vous ne saurez jamais le recevoir. Vous fuirez les lieux avec cette implacable constatation : vos rêves n'étaient que des rêves. Les réaliser, c'est risquer la cellule de dégrisement. Baudelaire et son voyage en désenchantement :

Ah ! que le monde est grand à la clarté de lampes !
Aux yeux du souvenir que le monde est petit !

J'avais mon premier livre entre les mains. C'était il y a quinze ans. Une tentative, un recueil d'articles que j'entassais depuis la fin de la fac. Pas vraiment diffusé, pas vraiment travaillé, à l'image des deux recueils de nouvelles que j'ai écrits ensuite, dans des maisons d'édition qui les publiaient sans poser de questions et sans les soutenir. On se chargeait soi-même de les promouvoir. Autant dire que mes efforts passèrent inaperçus.

Mais j'ignorais tout ça alors, j'avais l'ouvrage devant moi et une joie naïve. Les yeux écarquillés et le grand sourire qui va avec. Je le tenais, mon autoportrait, mon avenir et ma revanche sur la vie. Ces plans sur la comète qui vous envahissent à l'avènement de trop grands espoirs. Les forêts défrichées et les voies balisées de certitudes. J'étais heureux comme un pape, avec ma vie accomplie, arpentant les rues du sixième arrondissement comme un empereur en plein triomphe. J'allais pouvoir devenir moi, un poète, un chanteur, j'allais briser la gangue, j'allais lui montrer, au monde. Un bon vieux goût d'« à nous deux, Paris » qui se diffusait dans la gorge.

Le même sentiment qu'à ma rencontre avec E. Ça y était, c'était bon. J'avais tellement attendu. J'avais tellement ramé pour arracher ce répit au soleil. On ne les voit jamais arriver, les nuages, quand on s'imagine invincible. Chaque fois que j'ai cru me connaître, quand je me suis cru arrivé, j'en étais à peine à la première montée des montagnes russes. J'ai l'innocence et l'inconscience des trop fiers d'eux. Les retours de bâton n'en sont que plus terrifiants. L'existence est ironique pour les adeptes du premier degré. Mes travaux négligés ne se sont pas vendus et mon amour a explosé au décollage. Les leçons qu'on se prend dans les pattes...

Quand on vit assez longtemps, au-delà de la barre fatidique des vingt-sept ans, on peut se confronter à ce genre de désillusion. Je rêvais d'être comme eux, les artistes, les aventuriers, les célestes, les tourmentés, les profonds. Je ne le suis pas. Je ne suis pas un poète vagabond. Les voyages m'angoissent, bien souvent. Je n'aimerais pas davantage être l'ami d'un junkie suicidaire ou d'une fille perdue. À m'approcher de tout cela, souvent, je me suis découvert une lâcheté ordinaire devant les trop grands vertiges. Je dis aimer l'opéra, mais je pose encore un peu… Je déteste les éclats de voix, les querelles et les quatre vérités.

Je donnerais tout pour une terrasse, un rocking-chair et un bon bouquin. De la sérénité jusque dans mes vieux jours et une solitude heureuse dans un monde qui ne s'emballerait pas, ne se saoulerait pas des désastres et des mauvaises nouvelles qui assomment les répits, les douceurs et les tendresses. On a bien des maux et des orages à traverser. Souvent, à déchaîner les drames, on oublie simplement qu'on est mortels. La vie, on ne la prévoit jamais comme elle s'écoule, comme on la ressent, comme on la rencontre. Bien souvent il y a un immense décalage entre ce qu'on croyait et ce qu'on a vu, ce qu'on a vécu. C'est peut-être dans ces déceptions qu'on devient intéressant. Pas dans l'étoffe des songes mais dans la manière dont ils nous ont trahis. Dans la mort que l'on ne s'attendait pas à rencontrer sur la plage.

J'imagine le couple de cette chanson, *Redondo Beach*. Ils ressemblent un peu à mes vagabonds célestes imaginaires. Des éclats et des disputes qui ailleurs se finissent par quelques porcelaines cassées. L'inquiétude vient teinter la mélopée sans cesse répétée comme une obsession grandissante.

J'ai découvert les colères et les frustrations de ceux qui s'aiment dans le grand appartement de E., quand j'y suis entré la première fois. Il était beau. Plein d'objets chinés. Une malle de voyage recouverte d'autocollants anciens et pleine de DVD. Une bibliothèque avec une armature de fer pour soutenir les grosses planches en bois. Des rayons chargés de livres que j'aimais. D'étranges tabourets où l'on s'asseyait sur des ballons de volley. Un ascenseur minuscule qui nous emmenait jusqu'à chez elle, sous les toits. Cet endroit, lorsque j'y retourne, ressemble à une faille temporelle. Où le temps s'est arrêté. Où j'ai eu l'intuition, pour la première fois de ma vie, de celui que j'étais quand j'étais lâché seul. Bizarrement proche de l'enfance, de ses empêchements, de ses commencements, de ses précipices, de ses colères et de ses grandes questions.

J'étais là, déraciné pour la première fois, livré à moi-même dans son décor quotidien. À la fois attirant et hostile. Un continent inconnu que je devais m'approprier. Je me disais qu'il fallait que chaque jour soit une fête et que j'en étais incapable. Je m'en moquais, je passais outre. J'allais même me vriller, me forcer pour être à la hauteur, aller beaucoup trop loin pour mon corps limité. À m'agripper aux rampes, à monter des escaliers, à prendre des trains, à oser le hasard, à tenter toujours plus d'être celui que j'aurais dû être jusqu'à la rupture. À la hauteur de celui que j'imaginais. Au moins, j'aurais fait ça, au moins j'aurais vécu ça. Grâce ou à cause d'elle. Ce n'était même pas sa faute, mais juste celle de mon envie d'absolu. Au moins, j'aurais compris auprès d'elle tout ce que je n'étais pas. Tout ce que je ne pourrais jamais être. Tout ce qu'il ne fallait pas que je sois, si je ne voulais pas faire de ma vie un chemin de croix. Tout ce à quoi il me fallait renoncer. Avant elle, je dédaignais mes limites, mes douleurs, mes épuisements. Elle a été le mur du son que je n'ai pu franchir. La plus belle et la plus douloureuse de mes prises de conscience.

Pour la première fois de ma vie, j'étais nu. Totalement vulnérable. Pour la première fois de ma vie, je risquais gros. Potentiellement, tout. J'étais terrifié. Je me souviens de la panique du premier baiser. De cette impression étrange et permanente de perdre pied. Je me souviens des mots que je lui écrivais pour faire illusion. Les conversations. Les monologues et les longues missives.

Une nuit, tout s'est craquelé. C'était tendu depuis un mois ou deux. J'étais au bout de mes forces et je le niais. La soirée avait commencé quand elle a rencontré des vieux amis de fac à moi qui évoquaient des souvenirs d'anciens combattants. Ils voulaient la connaître. Moi, je n'étais pas à l'aise. Elle était arrivée sans prononcer un mot et nous devions sentir tous les deux l'orage qui guettait. Je n'ai trop rien dit, j'ai forcé mes sourires, mais j'étais crevé. On se contraignait déjà. Juste après, elle m'a annoncé qu'elle allait partir pour deux mois, un long voyage pour tourner un documentaire. Elle l'avait accepté sans m'en parler. J'ai essayé de me dire qu'elle avait raison, qu'il fallait qu'elle se réalise, qu'elle avait du talent. Dans le même temps, j'étais absolument furieux. Je ne voulais pas le montrer.

Je ne serais jamais à la hauteur de ses rêves. Je ne serais qu'un invité dans sa vie. Mon temps était compté. Je ne tiendrais pas. Le présent résonnait d'un grand rire goguenard et la réalité insultait à son tour celui qui en avait dédaigné les contingences. J'ai su, dès qu'elle me l'a dit, que c'était fini. J'ai regretté de ne pas être parti sur l'instant, dans une colère tapageuse qui claque les portes. Sauf que je suis physiquement incapable de claquer une porte. Je suis bien trop poli pour ça. J'aimerais avoir un jour le courage de mes colères.

On s'est séparés deux semaines plus tard, calmes, doux, résignés et incroyablement tristes.

Elle a été ma première tragédie. Ma sortie de route et ma sortie d'enfance. Je découvrais la douleur intrinsèque de mon infirmité, lucidité que je m'étais débrouillé pour ajourner depuis plus de trente ans. Tout est venu brutalement. Un effrayant coup de massue et un réveil qui sonne trop fort. Elle se prenait tous mes arriérés et toutes mes dettes en pleine gueule. Tout ce qu'il y avait dans mes silences.

C'est étrange de se découvrir en accéléré dans les environs de quelqu'un d'autre. J'avais quitté mon cocon, mes parents qui sont toujours si protecteurs et qui ont toujours si peur pour moi.

J'étais là. Un homme, amoureux et désemparé comme aux premiers instants de sa vie. Je me rendais compte que l'équilibre était dur à tenir quand on était tout seul. Je découvrais la violence des jours qui blessent. Des autres aussi. Les gens m'ont soutenu, tout le temps. J'ai toujours appréhendé la réalité avec un filet de sécurité. Ma réalité dans l'enfance, c'était une forêt de mains d'adultes qui se tendaient pour me rattraper. Je n'y ai pas pris garde jusqu'à ce qu'elles me manquent. Jusqu'à ce que je tombe et que ça fasse mal.

Je comprenais l'injustice dont j'étais victime. Je contenais une grande tempête qui pouvait éclater à tout moment. Toute ma jeunesse et tout mon entourage avaient tenu cela en respect. C'était comme découvrir un mensonge. Une trahison pour mon bien. Pour ne pas que j'aie mal trop tôt. Pour que mes maux n'engendrent pas ma révolte. Pour que je ne m'aperçoive pas que mon fauteuil roulant était une farce d'une rare cruauté.

J'ai appris la colère et l'impuissance en même temps que l'amour. Bouddha avait quitté le palais de son enfance et découvrait le monde avec ses propres yeux. Parfois il arrivait qu'on tombe sur un cadavre. Celui qu'on planque. Et qu'il vous ressemble comme un frère.

Je n'étais pas l'homme sage, apaisé, pacifié que je croyais. Je n'avais rien accepté de ma condition, je ne la connaissais pas. J'étais révolté, ulcéré par tous mes empêchements. Ce n'est pas vrai qu'on s'habitue à son infirmité. On s'entraîne davantage à ne rien en voir. D'un coup, la dureté vous saute à la gorge et vous empêche de respirer au moment où vous touchez votre bonheur du doigt.

C'est douloureux comme une naissance et fulgurant comme un premier regard.

Ce reflet dans le miroir que j'avais esquivé pendant des décennies. Ce mec en fauteuil, seul et lâché dans les dangers de rues dont il ignorait tout. On avait passé mon enfance à me dire que tout ça n'était pas si grave. Sauf que ça l'était. Je ne l'ai compris qu'alors, très tard. Le monde était beaucoup plus hostile que prévu. Même l'amour, dont j'avais la conviction naïve qu'il pouvait me sauver, renfermait des périls, des douleurs, que je n'aurais jamais pensé traverser. Shakespeare peut être assez documentaire.

Je revois le regard de E. qui tentait de comprendre, qui m'invitait à parler de tout ça. Qui voulait m'aider, maladroitement, sèchement même, à devenir cet homme fort que j'avais rêvé d'être.

Elle ne le pouvait pas. Pas davantage que moi. Je n'étais pas celui-là.

Comment admettre que je m'étais trompé sur toute la ligne ? Je me croyais romantique, aventurier, libertaire et cynique, je me découvrais frileux et perclus de prudences dans la réalité. J'étais décevant comme un lendemain d'ivresse.

Je me souviens du trajet du dernier retour, dans un taxi, flottant, vaseux, où j'avais tellement de chagrin que je me demandais s'il y aurait un lendemain, et si ce n'était pas de l'acide qui coulait dans mes veines. On venait de se quitter. On savait que c'était fini. J'avais tout essayé. J'avais perdu. Au milieu des idées noires et des envies de disparition, je ne pouvais ignorer un soupçon de soulagement. Cette étincelle d'avenir. Il allait pouvoir commencer. Sans mentir.

J'ai appris à ne pas mépriser les jours qui passent. Les abandons dont ils vous chargent. En même temps que les rires, les regrets, les esquisses, les attentes, les joies, les déceptions. Il y a des immensités, des vertiges dans les banalités. Ça peut basculer dans l'imprévisible à n'importe quel moment. Tout change et tout évolue. Tout est trompeur. Tout est masqué. Dans le drame, la crise existentielle ou le fait divers. Une querelle d'amoureux ou une balade sur la plage peut se muer en cauchemar. Nos regards et nos oreilles peuvent en recueillir toutes les nuances, comme des flashs stroboscopiques. À Redondo Beach.

On a connu ça, elle et moi. Je lui en ai voulu beaucoup de m'obliger à me confronter à ces sommets de désarroi, de me réduire à ça. Ça me faisait enrager parfois jusqu'aux larmes. C'était écrasant pour nous deux. Elle est partie. C'était mieux comme ça.

Mais j'ai mis des années à le comprendre.

Pense-t-elle à tout ça, là-bas, à quelques mètres de moi ? Je me demande si on partage les mêmes sensations, le même vécu, le même souvenir, ou si les autres ne sont que des masques qu'on pose sur notre perception du monde. Des obsessions que l'on radote les soirs de solitude.

« *Are you gone, gone ?* »

Je songe à William Burroughs qui, complètement défoncé et voulant prouver son adresse au tir à un ami, avait mis une pomme sur la tête de sa femme, pour recréer la scène de Guillaume Tell, et l'avait tuée. Chez Patti Smith, il y a ce mélange d'insouciance toujours, et de tragédie. Le pressentiment et la fébrilité des amours qui peuvent très vite se transformer en absences, en séparations, en deuils et en horreurs.

Souvent on lui dit que son œuvre est traversée par la perte. Les ruptures et les morts. Souvent on la voit vouer un culte à ses chers disparus, sur leurs pierres tombales, sur les lieux qui, jadis, les ont vus vivre. Les endroits honnis par

Rimbaud, qu'elle a visités et aimés puisqu'ils étaient siens et qu'il les avait détestés. La Guyane française et cette prison dont Jean Genet entretenait la fascination. Elle rapprochait sa vie de bohème à New York de celle qu'avait connue Baudelaire.

Elle vit avec ses fantômes. Moi aussi.

Birdland

Au début de chaque chanson, l'exaltation monte d'un cran. Un mystère se répand dans les veines comme un pressentiment. Les souvenirs continuent d'affluer et l'autoportrait de se peindre.

À ma grande honte, je ne connaissais pas très bien *Horses*. Volontairement, avant le concert, je n'avais pas écouté l'album. Je ne voulais pas être de ces spécialistes trop bûcheurs, ces bons élèves qui froncent le nez à la moindre fausse note, comme des précepteurs de musique toujours prêts à taper sur les doigts de leurs ouailles indisciplinées. Je ne suis pas et n'ai jamais été un spécialiste ou un gardien du temple. Ils me débectaient déjà à la fac et ont fini par me décourager de poursuivre une thèse de doctorat. Je voulais écrire pour de vrai et pas devenir un rat de bibliothèque sclérosé, verdâtre et mou. Prisonnier de son austère chapelle. J'avais des passions qui hurlaient dans mon silence et voulaient s'incarner dans mes mots. C'est la vie que je voulais et que je n'osais pas encore choisir, d'une voix haute et fière. Mais j'avais depuis longtemps ma vocation sourde. Devenir artiste. Dessinateur, musicien, cinéaste, poète, écrivain. Un peu tout mélangé.

Mes plus beaux moments datent d'un seul été. Je devais écrire mon mémoire de maîtrise. Une plongée intense dans la littérature du XIXe siècle. Concentrée et immense, dans la petite chambre que ma grand-mère avait aménagée pour moi, dans ce pavillon qui trônait au sommet d'une côte abrupte, posé sur ce jardin qui ressemblait à une colline. Les livres éparpillés sur la petite table en bois devant la fenêtre. Elle donnait sur ce saule pleureur que j'aimais beaucoup. Je suis encore ému par l'attention touchante des femmes de la maison qui ne faisaient pas trop de bruit pour ne pas troubler mon travail. J'étais en paix. Ce n'était presque plus la vie, et un peu autre chose. Le privilège d'un état second.

C'est la seule fois de mon existence, je crois, où je me suis immergé dans l'étude et le silence, dans cet étrange temps suspendu qui envahissait toutes mes heures de veille. Je rêvais de

Baudelaire et de ses décors, j'étais plein de ses mots, moi qui n'ai jamais pris la peine d'apprendre un seul de ses poèmes par cœur. L'avenir m'apparaissait réglé comme du papier à musique. Je n'en étais pas sûr auparavant, je ne le suis pas davantage depuis. Mais là j'avais eu le sentiment profond de ma vocation. Être avec les livres, auprès de ces compagnons qui me semblaient vivants, qui me faisaient grandir. Cette saison, je m'y suis voué, totalement, jusqu'à ce que sans doute tout ça me façonne. J'avais vingt ans à peine. Et dans cette parenthèse, dans *Harmonie du soir*, dans *L'Albatros* ou *La Chambre double*, il y avait tout ce que j'allais devenir. Je n'ai jamais eu par la suite ce genre de certitudes, ce genre de conviction. Je détestais les cours. J'ai toujours détesté l'école. Mais cette aventure-là me fascinait absolument. C'était apprendre à marcher, apprendre à parler. Seul, au pays de mon enfance.

Je crois que c'est la première fois que j'ai aimé cet endroit. Le temps qui s'y écoulait lentement. Les jours qui étaient prévisibles, les chants d'oiseaux que l'on reconnaissait, l'étrangeté des nuages. Avec cette famille, ces vieux qui ne me comprenaient pas tout à fait mais me laissaient mon espace. Il se peut que ce mois-là, à mener la même existence qu'un moine lettré dans *Le*

Nom de la rose, ait été mon plus beau. Rien ne venait me troubler, me divertir.

J'étais seul avec l'éternité. La beauté était là, assise à côté de moi. Évidente. Elle lisait par-dessus mon épaule. J'étais tranquille, pas amoureux, sans trop d'espoirs. Je dormais d'un sommeil sans rêves. Je savais confusément que ça n'allait pas durer, que c'était presque me dérober au cours des choses. Mais j'ai adoré ça. J'ai livré un texte que j'ai défendu comme un lion devant un directeur de mémoire dubitatif qui aurait ma peau l'année d'après. J'ai jeté toutes mes forces dans la bataille.

Je n'ai eu de patience ni pour moi ni pour personne. Je n'avais pas envie de devenir un universitaire, un intellectuel pontifiant, d'apprendre tout par cœur, à la virgule près, pour démontrer ce que je savais. Je suis de ceux qui plaideraient coupables d'office pour se débarrasser au plus vite du regard des critiques et des inquisiteurs. Ceux qui veulent des preuves, des diplômes, des papiers en règle et de la monnaie sonnante et trébuchante, pour prouver une légitimité, auront beau retourner mes poches, ils ne trouveront qu'un bric-à-brac de sensations et de sentiments. Babioles sans valeur à leurs yeux de conquistadors, conditionnés à ne trouver que l'or. Aveugles qu'ils sont à la sagesse des sorciers.

Je suis de ceux qui se jettent dans le vide et qui ressentent. Des maladroits qui ratent mais dont les erreurs finissent par prendre des allures d'épopée. Je ne suis pas de ceux qui racontent. Je suis de ceux qui transfigurent. J'aurais fait un reporter désastreux. Ne témoigner que de ce qu'on voit et dont on est sûr. Ôter toute inflexion à ses phrases pour parvenir au phrasé neutre et monotone, à la voix interchangeable des journalistes de radio qui peignent le monde des mêmes couleurs ? Non. C'est ce qui m'avait fait renoncer à une carrière de journaliste cinéma. Ce ton et ces thèmes impersonnels censés convenir à tous, ne transporter personne. J'avais quitté la grande tour de verre et l'open space des vaniteux et des presque célèbres, où j'avais tenté d'exercer pendant quelques années ce métier-là. En quête d'indépendance financière mais dans une détresse existentielle croissante. Je ne supportais pas l'esprit de boîte, l'hypocrisie et les mots contraints. Je n'étais pas fait pour m'y intégrer. Quand j'ai présenté ma démission, j'ai ressenti de la colère, une forme de violence, d'éclat dont je ne suis pas coutumier, de libération épidermique aussi. Parce que j'étouffais doucement dans cette norme dont on nous dit qu'elle est le bonheur.

Parce que j'ai avant tout besoin des poètes.

Écrire.

Écrire en permanence, même quand on n'écrit pas. Pour tenir le choc. Pour ne pas abandonner. Pour encaisser. Se souvenir des livres qui nous ont inspirés, qui nous ont grandis, qui nous ont même parfois tirés de la léthargie et de la détresse des grands chagrins. Se souvenir des pages que l'on tournait d'une main molle et exsangue. Des mirages littéraires qui nous ont ranimés comme des sorties de coma. Nous ont empêchés d'enjamber le parapet au-dessus d'un fleuve rendu noir et moiré par une nuit sans étoiles. La tentation m'en avait saisi, un soir, dans ce restaurant sur une péniche où des amis qui déménageaient à Bordeaux m'avaient invité. C'était deux mois après ma rupture, quand je me sentais si mal. J'ai parlé très peu, tenté de ne pas les accabler de ma douleur. J'ai regardé la Seine avec envie. C'était une hypothèse.

Je me souviens de cette fin de film de Woody Allen, *Harry dans tous ses états* : « Cette écriture qui, de bien des manières, lui avait sauvé la vie. » J'ai une mémoire désastreuse pour les citations. Je ne peux citer que des bribes de poèmes, même ceux que pourtant j'ai lus des dizaines de fois. Cette voix off m'est restée. Toute simple, mais d'une redoutable acuité.

Les plus beaux moments de ma vie ont été ceux où je me suis dit, sans entraves : « Tu ressembles à celui qui écrit. » La voix changée et le verbe sûr. Comme quand, moi, l'introverti qui chuchote, je donnais conférence sur les pouvoirs de l'écriture et que soudainement j'étais motivé par une fierté et une assurance immenses. Je l'ai fait plusieurs fois, devant des lycéens avides d'idéaux et de créativité. Ce furent des instants fascinants, dont le souvenir me rassure souvent.

Il y avait tout ça quand j'ai découvert *Birdland*, ce soir-là.

L'émotion de cette chanson, c'était celle d'une conclusion de film en crescendo.

Parce que Patti incarne ses mots avec une intensité qui n'est pas de ce monde. J'ai déjà assisté à des lectures. Parfois réussies. Parfois avec des comédiens trop solennels qui faisaient claquer les consonnes et roulaient les « r » comme des acteurs shakespeariens. C'est la première fois que je vois quelqu'un faire corps à ce point avec sa poésie. Jeter sa vie dans l'art.

La chanson est née d'un ouvrage. *Le Livre des rêves* de Peter Reich. C'est l'histoire d'un jeune homme qui vient de perdre son père et qui a une vision lors d'une réunion familiale : un vaisseau spatial, avec le cher disparu aux commandes, vient l'enlever.

J'ai été souvent à l'image de ce jeune homme allongé dans l'herbe qui basculait dans une autre réalité. Il vient d'hériter d'une petite ferme. Il se souvient de son enfance et du gros tracteur rouge qu'il conduisait avec son père.

Comme le personnage de la chanson, j'aime mon père. Je l'ai toujours aimé, comme une référence, un exemple à suivre, inébranlable. Un modèle de droiture, d'intégrité et d'honnêteté. Les histoires qui m'émeuvent le plus sont celles qui parlent d'un père et de son fils. Car quand on perd cette figure, et qu'on l'a aimé comme j'aime le mien, comme quelqu'un qui vous fonde, on est amputé d'une dimension. On perd véritablement son équilibre.

On m'a raconté que lors de mon premier rendez-vous avec une spécialiste émérite, qui prônait entre autres l'entraînement à la marche intensive et la contrainte sous toutes ses formes, mon père s'est violemment opposé à son auguste prescription en rétorquant qu'il ne m'obligerait à rien qui puisse gâcher mon enfance.

Toute la démarche paternelle est résumée dans cette dernière phrase, et demeure la raison d'une adoration qui dure encore. Si je voulais faire de la moto, de l'escalade, du cheval ou de la plongée sous-marine, il allait tout mettre en œuvre pour qu'absolument rien ne m'en empêche. J'étais un enfant qui rêvait d'aventures, de désert, de neige et de chiens de traîneau. Mon père faisait tout pour que je ne considère pas tout ça comme impossible. Il se mettait en quatre pour que je ne connaisse pas de frustration. Pendant longtemps, j'ai cru que c'était moi qui escaladais les rochers quand il tirait comme un furieux sur la corde pour me hisser, que je faisais seul du ski alors qu'il me tenait fermement au milieu d'un chasse-neige qui ressemblait à un grand écart. Que j'étais seul à plonger quand c'était lui qui me tenait par les bouteilles pour m'équilibrer, que je galopais sur un cheval alors qu'il courait comme un dératé, la longe en main, pour entraîner ma monture. Tous mes souvenirs au grand air, c'est à lui que je les dois. Cet homme de peu de mots, pudique jusqu'à l'extrême, droit jusqu'à s'oublier. Un homme de devoir. Un homme qui fait le bien, un homme absolument vertueux. Un homme d'une curiosité incroyable. Engagé politiquement, qui a découvert les philosophes tout seul, pendant ses trajets en RER pour aller travailler dans une banque qui ne lui ressemblait pas (il se destinait à être garde forestier ou prof de gym). Il a lu Platon et Dostoïevski. N'en a jamais fait grand cas. Il cache sous des aspects bourrus une sensibilité raffinée. L'homme à l'aune duquel je mesure tous les autres, et sans doute celui que je ne serai jamais. Je ne parviens pas à m'imaginer sans les valeurs qu'il m'a données. Jamais avec ostentation, jamais avec cet air docte que prennent les idiots quand ils parlent aux enfants, mais toujours d'égal à égal, dans un respect mutuel immense. Un homme sans qui le monde serait inconcevable tant il en incarne la justesse, la bonté et l'intelligence. J'ai connu le père idéal. C'est le mien.

Il y a beaucoup de gens qu'on peut perdre. Des deuils avec lesquels on peut vivre. On se remet de tout, dit la sagesse populaire avec son art péremptoire des vérités simplistes. Je ne le crois pas. Il est des êtres avec lesquels on vit même quand ils ne sont plus au monde. Des êtres dont il serait trop dur de supporter l'absence. Parce qu'on a besoin d'eux pour tenir et se souvenir de soi. Parce qu'on a littéralement besoin d'eux pour être en vie.

« *I won't give up, don't let me give up.* »

Le jeune homme de la chanson est allongé et voit les étoiles glisser dans le ciel. Apparaît alors ce grand vaisseau. J'ai d'abord cru qu'il était une sorte de galion, avec son père au gouvernail. Il veut l'accompagner pour ne pas rester seul. La mort est l'abandon le plus absolu. C'est un sanglot qui vous brise.

Cette chanson en est le symbole. Elle résonne comme un pressentiment de la petite légion de fantômes chéris qui hantent le monde de Patti Smith. J'ai eu ma dose de vrais enterrements ces dernières années. Je commence à savoir ce que vivre et vieillir veut dire. C'est avoir la force de renoncer à ce qui nous semblait essentiel et continuer malgré tout. Malgré les ruptures qui déchirent, malgré les funérailles qui nous font courber l'échine.

Le seul salut, c'est l'art.

La transfiguration. Les cieux qui s'ouvrent et les étoiles qui glissent pour qu'apparaissent les grands vaisseaux fantômes. Alors nos regards se transforment en soleils qui voient mieux, en opales éblouissantes. Le rideau du réel se déchire pour laisser sa place à l'éternité. Le silence se peuple de nos supplications, de nos peurs primaires.

« Don't let me here ! »

La chanson monte en intensité, en même temps que le sanglot dans ma gorge et un déluge de sensations. J'ai de la reconnaissance. À ce moment-là, mon âme se reconnaît dans la sienne. Patti se contorsionne de toutes ses douleurs dans les vers qu'elle déclame. Il y a quelque chose ici qui échappe à l'incarnation, à tout ce que je connais et qui touche à une vérité profonde et universelle. C'est d'un autre monde.

Ou plutôt c'est l'image même de celui-ci quand on sait le regarder. Quand le décor est balayé, le maquillage effacé.

Le visage grave et marqué, lardé de chagrins derrière le masque des clowns.

Je ne m'attendais pas à cette révélation aux premiers accords de piano... Pourtant la ronde des corbillards m'a cueilli, et les souvenirs.

« *He was not human.* »

Tout en moi, d'aussi loin que je me souvienne, ressemble à ce pays des oiseaux.

Free money

Un pas de plus encore. Vers la rage.

Nos temps aseptisés l'ont perdue, ne veulent pas l'entendre, et ça crée des désastres, trop longtemps contenus. On nettoie les mots et les infos, on étouffe les cris et toutes les révoltes qui ne savent plus comment s'épancher. Ça provoque une violence et une barbarie d'avant les civilisations. Une explosion.

La colère.

Je la connais tellement que je sais à peine l'articuler. Quand on naît comme moi, amputé d'une évidence, c'est la première chose dont on fait l'expérience. C'est presque une seconde nature. On s'en méfie comme de la peste tant on la sait absolue.

Je ne savais pas marcher.

Résonne encore cette vérité effarée murmurée par les autres enfants interloqués, pétrifiés devant moi dans une crainte superstitieuse. J'avais envie de les frapper. Parfois je cédais à cette impulsion, à cette violence désordonnée qui n'avait pas trouvé de catalyseur. Je ne pouvais réprimer un mouvement vaguement envieux, qui ne m'a jamais vraiment quitté, quand je voyais les créatures les plus viles du règne animal accomplir les premiers pas dont j'ai toujours été incapable.

C'est étrange, ce sentiment d'exclusion intrinsèque. Ce soupçon permanent d'illégitimité qu'on nourrit pour soi. Cette conviction, profonde et inavouée, d'être une erreur, un accident et une anomalie. Que votre existence même est une incongruité. Que rien, absolument rien de ce que vous entreprenez ne pourra être autre chose que le résultat d'une lutte. Vos actes, même les plus négligeables, ressembleront à des conquêtes dérisoires. Je me souviens honteusement des acclamations qui m'ont accompagné pour des événements auxquels personne ne devrait prêter attention.

Les gens se meuvent sans y penser, ombres automatiques et fugitives à ma fenêtre. Personne n'y prend garde. On en voit le téléphone portable vissé à l'oreille. D'autres courent au rythme de leurs écouteurs, roulant des hanches ou chaloupant pour d'invisibles spectateurs. Il y a là pour moi quelque chose d'extraordinaire, une mise en scène chorégraphique et quotidienne, devenue imperceptible et banale.

J'aime la nonchalance. Parce que j'en suis dépourvu.

Cette fille qui allume sa clope avec fluidité à la terrasse d'un café, ce mouvement insouciant et aérien des mains. Cette façon détendue et gracieuse de s'abandonner au rire, la tête légèrement rejetée en arrière. Le tintement cristallin des coupes de champagne. Enlever son blouson comme si c'était déjà la première étape de la nudité. Replacer une mèche de cheveux. Chercher quelque chose dans sa poche. S'habiller très vite, en quelques secondes. Lacer ses chaussures avec l'assurance de ceux pour qui tout est acquis. Être sûr de ses gestes. Ne pas craindre l'imprévisible douleur qui pourrait les contrarier. Avoir oublié qu'un jour, au début de l'enfance, il a fallu les apprendre chacun. Avec cette application et cette conscience de chaque détail qui ne me quitte jamais vraiment et dont les autres sont amnésiques.

J'admire beaucoup ceux qui se tiennent debout. Pour moi, c'est de l'équilibrisme. Je ne comprends toujours pas bien par quel mystère les gens se dressent sur leurs jambes. Ce mouvement imperceptible de balancement dans le vide, les pieds et le dos qui compensent sans arrêt l'inexorable chute, ce défi à la gravité lancé par chaque bipède au terme de sa première année. Tour de magie dont je n'ai pas le truc. Plutôt que de l'envie, j'éprouve un certain ébahissement devant ce spectacle-là. Peut-être parce qu'il ne se joue que pour moi. Je le trouve d'une beauté inégalable. Un miracle.

J'ai une conscience différente du corps. C'est un objet mystérieux et compliqué pour moi. Les corps qui font l'amour juste pour le plaisir, ceux qui dansent pour chasser, le temps d'une chanson, tout le poids de l'existence. Le corps qui n'est qu'objet de jouissance, qui ne se surveille pas. Celui que longtemps on ne ressent pas, jusqu'à la stupeur des grandes vieillesses quand, peu à peu, il nous trahit. Alors seulement, les yeux s'agrandissent et les voix geignent d'incompréhension. Les vieux semblent tous dire : « Rendez-moi ce qui est à moi, ce qui me revient de droit. » Il ne s'agit pas de reconquérir sa jeunesse, mais son immunité.

On en verra beaucoup tenter de combattre l'évidence, avec une opiniâtreté touchante devant l'inexorable. Refuser l'impuissance. En se gavant de Viagra. En étant exécrables quand on leur porte secours et qu'on se soucie de leur sort. En refusant les béquilles. En considérant le fauteuil roulant comme une condamnation à la chaise électrique. Les innocents.

Comment leur dire, aux vieux, qu'avec le temps on s'habitue ? C'est mon grand avantage : j'ai connu la décrépitude au départ. Quand je ne me tenais pas assis dans mes premières années, quand je ne pouvais rien faire. Depuis, je n'ai connu que du progrès. Conquis souvent de haute lutte. À force d'observer mes semblables comme un acteur qui étudierait son rôle et en intégrerait chaque attitude. Ma vie fut un long apprentissage de toutes ces évidences. Je me dis avec une arrogance excentrique que je ne connaîtrai sans doute pas ce déclin-là. Que l'avenir sera toujours un peu mieux, même d'une manière infime. Peut-être trouverai-je la faille, comme on passe le niveau d'un jeu vidéo ou qu'on résout une énigme mathématique.

Mon esprit a orchestré cette lente réconciliation avec mon corps rétif. Je parviens à le soumettre sans cesse, jusqu'à ce que, contre son gré, il m'obéisse. Comme un danseur, astreint à s'échauffer avant chaque prouesse, pour que l'effort soit invisible, pour qu'on ne ressente pas sa peine dans les grands sauts qu'il effectue, quand il suspend le temps et l'apesanteur.

Rudolf Noureev a fait mentir les lois de la physique et a inventé poétiquement sa réalité, celle qu'instaurait son corps magique, discipliné, tout entier soumis à l'art qu'il s'était choisi.

C'est ainsi que j'ai vécu ma vie. Comme un danseur classique. Obsédé par la beauté du geste ou du moins son absence d'étrangeté.

Patti Smith, ce soir-là, c'était pour moi ce corps accompli, cohérent, totalement incarné, sa vision du monde dans chaque mouvement. Elle portait encore en elle sa force de frappe, sa sauvagerie, la violence de sa liberté. De celles qu'on singe à présent dans les grands stades où des businessmen du troisième âge tentent d'endosser sans ridicule les manies contrefaites de leur antique rébellion. Ils ne ressemblent qu'à des copies décrépites d'eux-mêmes.

Elle, magnifique, elle l'est toujours. Avec, pour compléter son ancienne insolence, le sourire, et la douceur qui vient avec le temps quand on a su vieillir. Mais pas très loin de la surface, le cataclysme anticonformiste gronde encore. Prêt à balayer tout ce à quoi on pouvait s'attendre.

Je vois les gens, là-bas sur la scène, et je me dis que j'aimerais bien être comme eux. Quand j'étais môme, je voulais être chanteur. Et célèbre, faut pas déconner. Je n'allais pas être comme ces piteux qu'on voyait chanter aux mariages ou aux premières communions – enfin, j'imagine, je ne suis pas baptisé. Non, moi, je me voyais bien à Bercy.

J'avais tanné ma grand-mère pour aller chez l'une de ces vieilles du voisinage qui me répugnaient. Elle possédait l'enregistrement d'un concert de Renaud ou de Johnny Hallyday (c'était en 1985, j'avais sept ans et aimais les deux sans distinction, le snobisme m'a pris plus tard). Je me souviens des clous dans le dos du blouson de cuir ; du perfecto. Du bracelet de force que j'avais voulu, pour me déguiser pareil. En prenant la dénomination de cet accessoire de manière très littérale. J'étais persuadé que ça allait m'en donner, de la force. Ma mère devant mes supplications probablement irritantes était allée l'acheter en catastrophe sur un marché improbable, chez des forains assez peu recommandables. À son retour, l'un d'eux était en train de secouer la voiture mal garée. J'étais recroquevillé dedans et vert d'angoisse. Le bracelet n'y pouvait rien, le rock non plus, la violence me terrifierait toujours autant.

Je me suis retrouvé là, tout petit et fasciné, dans cette salle à manger glauque, collé à l'écran et au magnétoscope, à tenter de ne pas entendre les anecdotes probablement impérissables de la dame rousse au cheveu rare, aussi laide que la pièce. Aussi intéressante qu'un dimanche avec pluie. Mais elle, au moins, avait un concert à me montrer. Alors j'étais prêt à passer outre. Je me souviens de Johnny qui hurlait au milieu d'un gigantesque jet d'eau. Je ne savais pas s'il transpirait ou s'il était simplement trempé. C'est ça qui m'a frappé en premier. Ça et les guitares électriques. Comme celles qu'il y avait dans la chambre de l'appartement où mon père avait grandi. La même où s'entassaient ses deux plus jeunes frères. Qui écoutaient du rock et avaient une Fender. Le Saint Graal. Rouge et blanche. Probable que, si je la voyais aujourd'hui, je lui trouverais des allures de grille-pain, mais à l'époque c'était l'Amérique. Et le sexe. Je n'avais aucune idée de ce que ça pouvait être. Mais ça me fascinait, ces curiosités d'un nouveau monde.

C'était ça le sacré. Ça sentait le danger. Ça sentait l'interdit.

Ma mère ne voulait pas que j'aille voir Renaud. Elle disait que durant les concerts les gens pouvaient se battre. Et que je n'avais que sept ans. Sauf que Renaud, c'était mon copain. Le seul qui me comprenait, qui m'apprenait des mots, qui me faisait rire. Mais c'était un truc de loubards. Enfin c'est ce qu'elle disait, étant donné qu'elle n'avait jamais vraiment fait de concert et qu'elle n'aimait pas les foules.

Mais moi je savais bien. Je savais bien que Renaud, Johnny, Julien Clerc, Téléphone, Rocky Balboa et Bruce Lee étaient bien plus réels que tous les gens que je croisais et qui ne m'intéressaient pas vraiment. Qui m'intéressent encore assez rarement. Mon boulot, dans la vie, ça allait être de les retrouver. Parce que c'était ma tribu et qu'il fallait bien que je rentre chez moi.

J'allais être chanteur célèbre.

Peut-être, finalement, que j'ai passé le reste de mon enfance collé à ce magnétoscope qui diffusait déjà mes rêves. Peut-être que je m'entraîne depuis à ignorer les bruits du monde, qui me paraissent tellement étranges, alors que cette musique-là, et ces gens-là, je les comprenais. Et je les aimais. Beaucoup plus fort que n'importe qui.

Je crois que tout a commencé là. Après, il a bien fallu que je me débrouille pour m'approcher. Pour les retrouver eux, auprès de qui je me sens vaguement vivant et à ma place.

Les gens disent tout le temps que c'est dur de trouver sa place au monde, de savoir ce qu'on veut faire plus tard. C'est aussi dur de déterminer l'endroit où on doit s'asseoir. Le plan de table était simplement foireux.

C'est ce que j'ai ressenti bien souvent. C'est ce que je n'arrêterai jamais vraiment de ressentir. Une manière de « mais qui m'a fait atterrir ici ? avec ces gens ? et pourquoi ? ». J'ai passé ma vie à me demander si j'étais éveillé. Alors, j'ai souvent eu l'impression de ne pas avoir les bons codes. D'être paumé dans un film de David Lynch. Hors du cadre.

Quand j'étais ado, j'avais une vieille guitare et les cheveux longs. C'est toujours ainsi que je me vois. Même si maintenant, je suis chauve. Ce qui demeure encore assez déplacé quand on l'assume. J'aime bien être un peu en lisière de la norme et des invisibles. C'est ainsi que je me fantasme. Farouche, insoumis, sauvage et indomptable. Sous ma réserve et ma discrétion, on n'est pas si loin du compte.

Je déborde de combats avortés.

J'ai toujours été attiré par les révolutions. Les rêves et les idéaux qui se mettent à hurler tant ils ont été brimés, refoulés à l'entrée des grands temples. Ce qui me touche chez Patti, c'est ce cri, ce désespoir presque primal et poétique, ce rythme qui s'emballe comme le galop d'un cheval devenu incontrôlable. On a envie de danser à s'en faire péter le cœur. De sourire comme des déments, encore. Parce que l'énergie de *Gloria* flotte toujours dans l'air. À la fin de la chanson, la salle se soulèvera, à l'unisson, pour libérer l'ovation retenue dans un millier de ventres.

Free money. L'argent qui permettrait la liberté.

La mère de Patti rêvait à ce qu'elle ferait si elle se décidait à tirer un jour le billet gagnant de la loterie. Évidemment, c'est mieux de ne pas le faire. Garder les désirs inaccessibles et se cantonner aux remords un peu trop confortables. Alors on se résigne.

Et pourtant...

« *Oh baby, it would mean so much to me...* »

Après le piano onirique vient le rêve qu'on peut enfin se permettre, sans morale et sans mauvaise conscience. Même s'il provient d'un vol ou d'un larcin. On rêve d'avions et de tours du monde, d'idéaux qui se réalisent, de contrées lointaines et torrides. Des songes que nourrissaient les artistes du Chelsea Hotel, le refuge des créateurs fauchés pendant si longtemps, à l'époque où ils pouvaient troquer leur loyer en échange d'une œuvre d'art, quand les désaxés et les marginaux y avaient encore droit de cité, quand Robert Mapplethorpe et Patti Smith y vivaient. Aux tout derniers temps de l'innocence, alors que l'Amérique retentissait des assassinats de Martin Luther King et de Robert Kennedy, mais que les artistes faisaient ce qu'ils pouvaient pour ne pas lâcher la barre.

Au début de sa carrière, dans ses interviews à la télé, Patti était intimidée et d'une nonchalance apparente. Elle devint assez vite intense, révoltée et profonde, violente même dans sa manière de s'approprier son âge d'or. Elle avait l'air de vouloir défoncer toutes les portes et les barrières qui l'empêcheraient de conquérir son art et sa vérité. Reconquérir cette violence, cette intégrité, tout injecter dans sa musique, de cette sulfureuse marge, quand on en croyait l'âme perdue. Quand Elvis ressemblait à un sapin de Noël clinquant et boudiné dans ses costumes à Las Vegas, Patti Smith sonnait le retour de l'essentiel.

La fureur.

Celle d'avoir vu les grands espoirs se faner comme les fleurs de saisons trop brèves. L'urgence de la musique. Je me souviens surtout des mains de Patti qui s'écartaient, s'élevaient au-dessus d'elle comme des bannières longilignes et diaphanes. Des mains de prédicatrice.

Souvent je me suis dit que j'étais en présence d'une énergie mystique, qui invoquait les esprits. Ils s'exprimaient dans les paroles qu'elle avait écrites et elle les convoquait dans le présent. En chacun de nous. Ça vibrait. Ça frissonnait. Parce que ces souhaits murmurés, on les fait chaque soir. Avant de s'endormir. On veut faire parler les silences et les peupler de rêves. On déborde des rituels muets, des superstitions inavouées qu'elle a su mettre en chant.

La rébellion. Celle que d'ordinaire je tais, celle que je tiens ligotée au fond de moi depuis l'enfance, ce grand cri de colère incorrigible, incorruptible. Mon essence même.

Parce que nous ne sommes faits que de l'étoffe dont sont tissés nos songes, comme l'affirmaient les personnages de Shakespeare. On nous réduit à ce que l'on semble, à des amas d'atomes raisonnables et astucieusement associés, quand on sent confusément qu'on est bien autre chose.

J'ai cherché. J'ai cherché longtemps. Partout. Depuis toujours.

Les médecins me traitaient comme un corps et un problème à résoudre depuis l'enfance. À cinq, six ans, dénudé sur une table, j'étais entouré d'adultes en blouse blanche qui devisaient de mon cas comme si je ne me trouvais pas dans la pièce. Je ne me souviens pas combien ils étaient, mais ils étaient nombreux. J'avais peur. J'avais honte. Je ne savais pas pourquoi. J'étais tétanisé. Leur visage avec le temps est devenu celui d'un monstre unique.

Mon démon.

Chaque fois que je repense à ce vieil hôpital de brique, et à moi exposé de la sorte au moins une fois par an, cible unique de leurs diagnostics et de leurs rafales de coups d'épée dans l'eau, je songe à la salle de crise du *Docteur Folamour*. La neurologue insistait sur mon intelligence. Ça me flattait, je crois, on se rattrape à ce qu'on peut. Ce qui me faisait tenir, c'était d'être ailleurs. De me dissocier de tout ça d'une manière absolue.

Je crois que je les haïssais, même si je ne savais pas que c'était de la haine. Ils me prescrivaient des chaussures orthopédiques énormes de dix kilos, avec des semelles moulées ou des structures métalliques pour y fixer des attelles qui me tiendraient debout. On envisageait des traitements, du valium, des hormones de croissance. On voulait à tout prix corriger le caillou dans la chaussure que j'étais. On voulait m'effacer. On me noyait sous les béquilles, les déambulateurs, les exercices obligatoires. On essayait des choses. La science abrutie oubliait que j'étais juste un petit garçon et pas un cobaye. Pour eux, je n'étais qu'un intéressant sujet d'étude.

Mes parents résistaient, vent debout, contre la violence dont on tentait de m'assaillir, contre cette condition dont on tentait absolument de m'accabler, à laquelle on voulait me réduire. J'allais être grâce à eux le gagnant de la loterie, même si je partais perdant. J'allais connaître les voyages, les vacances. Je n'allais pas laisser les blouses blanches me submerger de cette réalité thérapeutique et médicamenteuse qui bornait leur empathie.

Ma rébellion, ça a été ça : malgré tout ce dont on a tenté de me priver, du libre arbitre en premier lieu, j'ai été farouchement moi.

Ce qui m'a fait tenir, pendant ces opérations qui m'ont fracassé les pieds, qui m'ont fait connaître une douleur qui n'est pas imaginable (c'était juste avant qu'on ne donne de l'opium aux malades), c'est de penser qu'un jour j'aurais une Gibson. Qu'un jour je ferais des poèmes, qu'un jour j'aurais une vie bien loin de ces tortures qui pesaient sur mon avenir comme des menaces obligatoires et non négociables. Je joue une partie de poker avec la fatalité. Il m'arrive de la bluffer.

Je vis comme en sursis, à forcer l'impossible. Je sais que ça me rattrapera. Un jour ou l'autre. Parfois, je suis obligé de revenir à l'hôpital pour y faire des bilans de ma situation. Je passe devant des spécialistes qui me dévastent, qui m'humilient. Ils détestent que je les contredise, que je décide, que j'hésite devant leurs propositions. On ne ressent la violence que quand on conteste l'autorité, ceux qui croient savoir, ceux avec qui on ne discute jamais. Mais ils ne savent pas ce que ça fait d'être dans mon corps. Ils ne savent pas comment j'ai appris à le supporter. Ils ne me connaissent pas.

Ils ne savent pas la colère.

J'ai refusé de toutes mes forces d'être handicapé. J'ai su très tôt que mon temps était compté. Que mes jours sans douleurs aussi. Et qu'ils étaient précieux. Je n'allais pas les perdre à l'hôpital ou à pleurer au pied des murs qui transformaient le réel en impasse. Je préférais de loin passer mes répits dans un musée, dans un concert, dans un cinéma ou dans les bras d'une femme. Je connais l'exubérance des malades chroniques, leur appétit de vivre décuplé et leur mépris des contingences. Je sais que tout prend sa source dans ces douleurs qui me tournent autour. Elles sont les regards des loups qui rôdent dans la nuit autour des trappeurs égarés, la lueur faible de leur feu dans une forêt épaisse et plongée dans l'obscurité. Tout ça me guette et attend que je trébuche. Tout ce que j'ai voulu fuir. Tout ce que j'ai voulu oublier. Toutes mes lâchetés. Toute mon arrogance. Toute ma radicalité. Toutes mes contradictions.

On est du souffle divin.

Et tout ça danse en mouvements désarticulés.

Comme des émotions qui s'incarnent dans des gestes maladroits.

Si j'ai appris à aimer mon corps, et mon handicap, c'est qu'il en est l'illustration parfaite. Qu'il ne cache rien de mes émotions. Qu'il les dévoile comme des secrets qui se trahissent dans des contractions. C'est très beau quand votre corps exagère votre vérité. Il vous pousse à l'épouser comme une harmonie. Il vous envoie des messages. J'ai mis beaucoup de temps à apprécier cette mélodie curieuse, à y entendre un accord étrange, mélancolique et dissonant. Mais pas dénué de grâce. Je suis en *la* mineur. Un morceau d'Arvo Pärt.

Devant moi, Patti danse, se laisse transporter. Son corps est un messager. Elle se tourne vers la batterie, l'enjoint à jouer plus fort. Sourit largement quand son complice de toujours, Lenny Kaye, qui fut le premier à poser sa guitare sur ses poèmes, chante un couplet. Tout se rejoint.

Dans la répétition frénétique de « *free money* » à la fin, il y a comme une transe, une incantation sacrée.

Je suis là. Totalement là.

Je crie de tous mes plusieurs, de toute la force, la prétention et l'insolence de ce jeune homme désordonné de vingt ans que j'ai été, de tous les espoirs de mes trente ans, de tous mes désenchantements et de tous les rêves que je nourris encore à l'aube de la quarantaine.

Avec cette chanson, elle achève de me dépouiller de tout ce que je ne suis pas.

Patti Smith me réduit à ma simple expression.

J'ai l'impression étrange d'avoir dansé avec elle. De lui avoir transmis toutes ces confidences. La musique balaie tout. On ne sait plus compter.

On est une seule conscience dans une multitude de corps.

La sensation, je le perçois déjà, n'est pas près de me quitter.

C'est une explosion qui vous fait sursauter et vous ramène sans cesse à vous-même.

Auprès d'elle.

Kimberly

Une nouvelle salve de souvenirs. Chaque chanson ramène sa moisson de sensations précises. Une nouvelle nuance à la révélation.

Le visage de Patti et le mien continuent de se superposer. Nos silhouettes se précisent. Notre face-à-face étrange, moi dans le public et elle sur scène, poursuit sa fusion.

Découvrir une héroïne qui s'incarne, c'est s'initier aux « multitudes » qu'elle contient, aurait dit Whitman. C'est les éprouver en soi aussi.

Tout est encore possible au milieu du voyage.

Même un dernier retour en enfance.

Je ne vois finalement pas devant moi la « marraine du punk », ainsi que la qualifie la paresse des gros titres. Je ressens une tendresse qui a envahi le monde. Presque une complicité, un jeu d'enfant. Une grande douceur et une certaine ironie. Comme ce moment où un spectateur emporté dans son hurlement solitaire a lancé « *I love you Patti !* » et qu'elle lui a répondu en souriant « *Too bad for you*[1] ». Il y a de l'espièglerie, sans cesse, pour nuancer les anciens tonnerres. Une forme d'abandon à l'instant que j'ai rarement éprouvé. Une faille dans l'espace-temps.

Pourtant il passe. Bien trop vite pour qu'on puisse comprendre tout ce qui nous traverse. Nous arrivons au terme de la face A de *Horses*.

Respectant à l'extrême son postulat de départ, Patti se saisit de la pochette et du vinyle. Elle le retourne avec un sourire amusé, accompagnant son geste d'un laïus poétique : « On saisit le bras, on plante l'aiguille dans le groove et on se laisse emporter. »

Cette chanson est une ode à sa petite sœur, Kimberly. Ces enfants que l'on veut préserver des offenses pour conserver contre notre cœur l'innocence de leurs grands yeux. Même si les cieux peuvent se fissurer. Même si les chagrins et les désastres menacent. Il y a là quelque chose de sacré, à avoir la responsabilité d'une innocence. À la protéger coûte que coûte. À puiser

1. « Dommage pour toi. »

dans ce lien fort le courage qu'il faut pour affronter toutes les apocalypses. Ces envies de paternité m'ont traversé récemment, car je sentais que j'avais enfin assez de place en moi pour m'occuper d'un autre.

Près de Philadelphie, dans la maison où Patti a grandi, était une grange. Une grande bâtisse noire qui faisait peur aux enfants, où vivaient des chauves-souris. Une sombre carcasse, aux allures de corps décharné. Un jour, un incendie s'est déclaré. Des flammes s'échappaient des ailes des chauves-souris effarées et brûlées vives. Patti tenait la petite Kimberly contre elle et la protégeait de cette vision cauchemardesque.

L'autre jour, je suis tombé sur une vidéo où elle lisait un texte qui évoquait un épisode de son enfance. Elle a dû se séparer de son chien Bambi, car sa sœur y était allergique. Elle racontait sa dernière balade avec ce compagnon, la tragédie qui se jouait dans les regards silencieux qu'ils échangeaient et le traumatisme violent de leur séparation. Quand le destin et la sombre providence rejoignent les pressentiments dans la stupeur d'un accident. À la fin de sa lecture, Patti avait encore la gorge serrée et les larmes aux yeux.

J'avais découvert la mort à mes dix ans, en perdant moi aussi un chien. Mon frère était dévasté. Il s'était planqué loin de tout le monde, dans le lavoir abandonné du village, pour pleurer celui qui avait été le grand compagnon de nos premières années.

Mon frère... Une énigme que je ne saurai jamais vraiment résoudre. Je sais qu'on est très attachés l'un à l'autre, mais on a mis lui comme moi un point d'honneur à se séparer, à s'individualiser, à se dissocier. Les faux jumeaux comme nous ont la hantise de l'amalgame. Être habillés toujours pareil, être toujours associés, jusqu'à la manière dont on les appelle (« Maxime et Nicolas », par ordre alphabétique et dans un seul souffle), avec le même âge, les mêmes amis, la même école. Être solubles dans ce couple étrange que le sort a formé.

Toute notre enfance a consisté à bâtir des frontières entre nous (« c'est à moi, c'est à toi »). C'était vital pour ne pas qu'on se perde dans la fusion à laquelle on était prédestinés. C'est ainsi que je comprends nos oppositions, nos incompréhensions, cette affection singulière et profonde qui s'est épanouie dans la rivalité. Cette certitude aussi, très étrange, que sur l'essentiel, humainement, sur les valeurs, on se retrouve invariablement. Quoi qu'on fasse, au fond, on est exactement pareils, jusque dans notre désir d'indépendance. Dans notre manière de veiller farouchement l'un sur l'autre, de se chercher, de se retrouver, quand on avait peur des orages dans notre enfance et qu'on dormait ensemble, quand un deuil nous frappe et qu'on ne se lâche pas d'une semelle les jours d'enterrement, pour puiser du réconfort l'un en l'autre, se réchauffer aux mêmes souvenirs. On parle d'une voix enfin réunifiée seulement aux grandes occasions tragiques. Il est seul à savoir faire éclater ma colère, rare et incontrôlable, jusqu'aux frontières de l'étouffement.

On me dit souvent que je parle peu de lui. Peut-être parce que je sais qu'il n'aimerait pas ça. Je respecte beaucoup sa discrétion. Je le mêle aussi peu que possible à mon écriture. Mais raconter ma vie sans lui serait faire preuve d'une grossièreté et d'une négligence qu'il ne mérite pas. Parce qu'il a dû tout gamin porter un peu de mon fardeau, m'aider à aller aux toilettes à l'école et simplement exister à côté de moi qui, fatalement, captais davantage l'attention. Ça n'a pas dû être simple.

J'ai eu longtemps peur qu'il me haïsse. En vérité, cette incertitude a duré. Il y avait une méfiance. Au fond, je suppose que c'est le cas de toutes les fratries, on a peur de la concurrence, de la compétition, on souffre de la comparaison. En grandissant, on en est revenus. On partage des films, de la musique, des souvenirs, la même nostalgie, les mêmes éclats de rire. La complicité est venue tard.

Mais elle est venue.

Je sais que je le protégerais comme Patti protège sa sœur contre les apocalypses.

Il est une enfance précieuse, farouche comme un jardin secret, sauvage, et qu'il symbolise curieusement.

Peut-être même ce mystère est-il ce qu'il y a de plus important pour moi.

Si important qu'on n'en parle jamais.

Je vieillis à présent. Dans ma jeunesse insouciеuse, je méprisais les souvenirs. Les regards attendris que l'on jetait vers l'enfance, les nostalgies ressassées par les vieillards aux yeux humides et complaisants. Je déclarais avec une fierté bravache et un peu sotte que je ne me souvenais de rien. C'était en partie vrai. Mon frère pourra raconter des épisodes, dont je n'ai plus aucune trace, des goûters, des chocolats qu'il se faisait offrir. Je n'étais pas très sensible aux friandises. J'ai longtemps cru que c'était ça l'enfance que l'on célébrait partout. Je ne me sentais absolument pas concerné.

Je me souviens de sensations beaucoup plus noires. De désastres. Ceux qu'on voyait aux actualités que mes grands-parents regardaient à midi, sans savoir que j'absorbais tout.

J'étais là comme un tireur embusqué. Je déchiffrais tout ce que je n'étais pas censé saisir ou entendre. J'ai tout compris trop jeune. J'ai eu la conscience précoce. Je devinais les secrets dans les dissimulations des adultes. Je n'avais pas forcément les mots. Je ne tirais pas de satisfaction particulière à être déniaisé ainsi. J'aurais aimé croire aux fées, aux magiciens, à Peter Pan. Mais ce n'est pas ce qui retenait mon attention. J'étais fasciné par la violence, la noirceur dont étaient capables les hommes et par toutes leurs pulsions sombres ; j'avais l'obsession des nazis, paraît-il. Au lieu de détourner le regard, je me forçais à soutenir, à comprendre les horreurs. Même si elles me terrorisaient. En fait, j'avais peur de tout et je prenais tout très à cœur. Savoir qu'il existe des violeurs d'enfants quand on est petit et sans beaucoup de défenses, c'était perturbant. Nul n'aurait pu me préserver de ça, car c'était de l'instinct davantage que des mots. Je ne l'exprimais pas. Ça passait dans les dessins et les textes que j'aimais, souvent tristes. En fait, quand j'étais gamin, j'étais absolument fasciné par le pessimisme et c'est en grandissant que j'ai appris la légèreté. J'ai commencé par aimer Wagner et Beethoven. Mozart est venu plus tard.

Pendant très longtemps, j'ai caché ça. Je ne voulais pas qu'on me prenne pour une poule mouillée, j'étais même terriblement hâbleur pour compenser. Comme ces nabots qui se tiennent sur la pointe des pieds en espérant qu'on ne remarque pas leur menton trop en l'air. Le monde entier me paraissait terrible. C'était avant les infos continues. Mais dans la mélopée des transistors s'écoulaient les larmes des quatre coins du monde par des dépêches indifférentes et des débits standardisés. Je me les prenais en plein dans l'oreille, ces amas de cataclysmes.

Mes grands-parents nous gardaient, mon frère et moi, pendant que mes parents travaillaient. Ils avaient cette curieuse coutume de laisser la radio allumée. Ils parlaient peu et cela semblait remplacer leur absence de conversation. Étrange d'ailleurs, ils étaient extrêmement sociables. Ils invitaient volontiers leurs amis et mon grand-père passait son temps en société à ne s'exprimer que par blagues et jeux de mots. Dans l'intimité pourtant, c'était le silence, presque l'austérité. Marqué par les nouvelles. Le petit Grégory, la valise RTL ou le *Rainbow Warrior*. Et les crocodiles qui me dévoraient vivant dans tous mes cauchemars.

Pour moi, la terreur a d'abord le son d'une radio en marche, nasillarde et saturée, une voix dans un mégaphone à l'heure de l'apocalypse. Des flashs. Des guerres. Cette fillette qui se noyait sous les décombres après un tremblement de terre. Le procès de Ceausescu et sa condamnation à mort filmée. Celui de Klaus Barbie. Tchernobyl. La mort de Coluche, de Daniel Balavoine, les débats de Mitterrand contre Chirac... Toute nos vies qui s'écoulaient au rythme étrange de ce qui se déversait des écrans de télévision. Dans cette campagne où il n'y avait rien d'autre à faire que les regarder pour combler les heures interminables et recueillir la rumeur d'un monde de plus en plus étrange et distordu, de cette réalité de plus en plus mise en scène qui créait des traumatismes de masse. Je me souviens des grands élans. De la famine en Éthiopie, d'un séisme qui avait dévasté l'Arménie, et pour lequel Charles Aznavour avait convoqué toute une chorale de chanteurs éplorés. J'avais acheté le 45 tours. J'aimais bien cette chanson au refrain répété cinquante fois par plein de gens sur tous les tons.

Je me souviens de ma solitude et de mes chagrins à l'école, de mes frustrations inarticulées. Je me souviens de mes jouets qui racontaient des épopées, de Jésus de Nazareth cloué sur sa croix dans le film de Zeffirelli qui fut un choc fondateur, de mes larmes sur *Croc-Blanc*, de la première fois où j'ai lu Baudelaire. De ma mère, qui semblait immense quand elle étendait les draps sur la corde du jardin. Ces adultes qui, dans les premiers temps, ressemblent à des divinités bienveillantes.

Mon enfance. Dans ce jardin derrière la grande maison. Où je m'amusais à fixer la pelouse et la terre jusqu'à ce qu'elles semblent respirer dans une curieuse illusion d'optique. Je pense à ma mère, toujours avec moi, réalisant peu à peu l'alliée inébranlable qu'elle serait éternellement pour moi. La douceur et l'affection de mes parents qui m'ont toujours si bien compris, si bien entouré, si bien accompagné quand j'ai eu des doutes, des prises de conscience et des souffrances. Qui continuent de le faire. Jusqu'au soir où je suis arrivé en ruines après que E. m'avait quitté. Leur sourire désolé qui murmurait « ça va aller ».

Mon enfance, dans son insouciance, dans sa légèreté auprès de mes parents, ressemble aux longs plans aériens de Terrence Malick.

J'y ai saisi la nature double du monde.
Sa grande horreur et le grand amour qui le parcourt.
Une forme d'ironie du sort permanente.

« *Little sister the sky is falling, I don't mind, I don't mind.* »

En écoutant cette chanson, je retrouve ce caractère double, complet de l'existence. Le refuge que l'on trouve et qu'on offre aux gens qu'on aime, même devant des tableaux horrifiques. Mais tant qu'on a leur grand regard pour s'y perdre, le monde peut bien s'écrouler. Ils veillent sur nous. On veille sur eux. Tout n'est qu'ordre et beauté. Tout est équilibre.

Les optimistes et les pessimistes n'ont rien compris. Il faut être les deux. Tout le temps.

Sur scène, Patti Smith est une funambule. Dans la tendresse de sa berceuse, la noirceur du monde est sourde. Parfois le chant s'emballe dans un cri furieux, les guitares se saturent légèrement. Mais toujours la danse reprend, tranquille comme le cours des choses, des souvenirs et du temps qui passe, tel qu'on l'a ressenti. Pas celui des horloges mais celui des âmes.

Les catastrophes se conjugueront au passé, les chagrins, les larmes, les mauvais rêves, si on a su protéger cette innocence, cette insouciance qui danse à son rythme imperturbable. Le mouvement fluide et discret des bras de Patti qui accompagnait l'allégresse tranquille. La berceuse menacée.

La petite Kimberly devient la métaphore de tout ce qu'on ne veut pas perdre.

Elle est devenue un talisman.

Break it up

Depuis le début du concert, ça montait, ce pressentiment. Cette association forte. Mon âme qui s'incarnait dans ses mots et dans ses souvenirs, dans ses gestes et dans sa manière d'être. Au début d'un amour, on n'ose jamais trop, on croit que peut-être ce n'est qu'un mirage, que l'autre est encore un autre.

À un moment, la conviction s'installe et le lien est scellé définitivement entre elle et moi. *Break it up.* Cette chanson est une noce. On se reconnaît quand elle prononce le nom de Jim Morrison, pour introduire ce morceau que j'avais oublié.

Patti Smith est une constellation d'époques confondues.

Je la vois, là-bas, si proche, faire le récit d'un rêve. De ceux qui s'attardent parfois au matin pour devenir des poèmes. Les songes entêtés qui se continuent et imposent leur réalité alternative. Quand le symbole est trop fort et ne sera pas balayé par l'oubli des aurores.

Jim Morrison. J'ai tout connu par lui. J'avais douze ans. J'écoutais les Doors en boucle, à l'heure d'une autre célébration, vingt ans après sa mort... Mon existence est marquée par ce genre de commémorations. Avec l'impression étrange de n'être pas de la bonne époque, toujours occupé à célébrer un monde qui n'est plus, pour éviter de le voir tel qu'il est.

Invoquer des fantômes pour peupler le présent quand il n'a rien à dire.

J'ai commencé tôt. En bouffant toutes les vidéos que je pouvais trouver de Morrison, tous les enregistrements, même les inédits. Une mission d'archiviste fou. Je me souviens que je m'étais allongé sur le sol de ma chambre et que j'avais écouté les six albums des Doors en une après-midi. Du vertige, de l'ivresse et de l'état second. J'arrivais à me défoncer rien qu'en écoutant de la musique. C'était une drogue puissante. Je me souviens de cette autre fois où j'ai exercé mon anglais encore balbutiant à traduire *When the music's over*, le front plissé, concentré sur le dictionnaire bilingue.

À l'époque, je ne savais pas trop qui j'étais.

Morrison, c'est l'histoire de mon illumination, de mon entrée en culture. Ma mère me l'a fait découvrir. Il parlait de Rimbaud, de Nietzsche. Je ne comprenais pas tout, mais j'avais l'intuition que, tout ça, c'était pour moi. Il fait partie de ces quelques personnes qui m'ont fasciné jusqu'au pèlerinage. Je me suis recueilli sur sa tombe, au Père-Lachaise, effaré par les jeunes qui faisaient cercle autour.

Dès l'entrée du cimetière, on entendait la rumeur de *Love street* diffusée par un vieux haut-parleur. Je ne sais pas ce que je venais chercher. Une épiphanie, une révélation, un peu de son âme qui viendrait sauter dans la mienne. Un signe auquel j'aurais pu croire. La spiritualité qu'on sent dans certains lieux. Je suis fasciné par ça. Les ruines antiques de Delphes, ces vieilles églises de Rome qui précipitent dans l'éternité. Des endroits où le monde s'arrête et vous êtes au milieu, foudroyé, étourdi. Visité.

On s'approchait. J'étais poussé péniblement par ma mère sur les vieux pavés disjoints, guidés par les graffitis griffonnés sur les tombes voisines. Les fidèles étaient agglutinés en haut d'une côte escarpée, dure à gravir en fauteuil. Un murmure glauque s'élevait du petit groupe. Morbide. L'un des jeunes agglutinés était comme un sosie de son héros. Le teint blafard, les cheveux longs, la moue en détresse. Une ressemblance triste et sordide. Il tremblait, pris dans une ivresse narcotique. Il était secoué de sanglots. Pauvre adorateur égaré près de son tombeau.

J'imaginais le vieux squelette à l'intérieur qui ne voulait plus dire grand-chose. Les célébrations creuses au-dessus de lui. Une improbable attraction touristique, un brin fétichiste et gothique.

J'avais treize ans. L'humanité mélancolique et piteuse qui se passait une bouteille de mauvais vin en fredonnant une messe noire pâteuse m'avait effrayé, révulsé, dégoûté. On ne s'était pas attardés. Ce n'était pas l'image que j'avais du poète, ces paumés qui n'en reproduisaient que l'autodestruction. Les junkies ne m'ont jamais paru romantiques, pas plus que les alcooliques. Et je me méfie beaucoup des idolâtres qui cultivent un mimétisme, un masque et un prétexte à leur fuite pour se perdre.

Ce n'était pas là que j'allais mettre mes pas dans les siens.

J'ai connu avec Jim Morrison une autre forme d'identification. Il m'a permis d'accéder à mes passions littéraires. Suivant son exemple, j'ai écrit mes premiers poèmes. Ce premier vers dont je me souviendrai jusqu'à mon dernier souffle où il sera particulièrement indiqué (espérons juste que la saison corresponde) : « Aujourd'hui je suis mort, calme sur le sol d'été. » Je voulais retrouver sa musique et sa voix dans mes mots.

Patti Smith a dit un jour que quand un artiste aimait un tableau, ou un texte, il ne ressentait pas l'urgence de le respecter, de le recracher à l'identique. L'impulsion la plus forte était de faire pareil ou mieux. De songer que ça vous faisait vibrer, que ça vous dépouillait jusqu'à l'os tant ça vous émouvait. L'incroyable outrecuidance de se dire : « Je suis comme lui. Je veux faire ce qu'il fait. »

C'est à peu près ce qu'elle a éprouvé quand elle a vu Morrison sur scène. Une empathie immense pour ce jeune homme dont elle a ressenti fort la fierté et l'immense vulnérabilité. La prémonition de ce qu'elle pourrait devenir.

Jamais je n'aurais cru trouver en quelqu'un d'autre que lui un passeur, un portail. Pourtant, à la proue de la barque qui me mène aux enfers, je m'aperçois qu'à côté de Jim s'est glissée Patti. Je sais que je lèverai la tête attentivement quand j'entendrai désormais son nom ou le son de sa voix. Ces précieux créateurs me sont bien plus chers que beaucoup de ceux de mon sang. Car eux m'ont aidé à vivre et eux ont peuplé mes rêves, mes ambitions, mes imaginations. Des noms comme autant de sortilèges. Marlon Brando, Charles Baudelaire, Woody Allen, Georges Brassens, Freddie Mercury, Pierre Desproges, Hélène Grimaud, David Bowie ou Sigolène Vinson. Ma vraie famille. L'équipage au complet.

Ainsi Patti Smith prononce-t-elle le nom de mon vieil ami, Jim Morrison, que j'ai toujours au bord des lèvres.

Dans cette chanson, elle raconte un rêve dont le souvenir est encore vivace. Une jeune fille s'avance dans une clairière. Elle voit des jeunes gens faire cercle autour d'une silhouette angélique dont les ailes sont prisonnières du marbre.

Elle sent que son corps se débat pour fendre la froideur de la roche et gagner sa liberté, entamer son envol. Elle reconnaît Jim Morrison. Elle l'encourage.

« *Break it up, break it up.* »

C'est une incantation qu'elle se met à psalmodier. Peu à peu, Jim se libère et s'élève dans les airs, transfiguré en ange ailé. Il va gagner son éternité en Prométhée libéré de ses liens. Une apothéose de rock star.

La chanson sera le récit de sa libération, son évasion vers l'azur, hors de la pesanteur de ce monde. L'esprit d'un poète entre en majesté. Cela débute comme une berceuse gothique. La guitare plaintive fait songer à celle de Robbie Krieger des Doors quand elle vient appuyer le cri du refrain. La prêtresse invite ses ouailles à se joindre à sa supplication. Elle a besoin de la ferveur et de l'énergie de l'auditoire pour donner toute sa dimension à son art. Pour donner de la puissance à cette élévation qu'elle célèbre en crescendo.

Je suis devant une envolée lyrique perpétuelle.

Ce concert n'est plus une représentation. On ne peut demeurer passif devant l'invitation. On s'abandonne à la prière comme à une transe et on se joint à son cri pour libérer l'ange noir. Une supplique d'amour pur qui dépasse la raison. On est tenté de s'envoler avec l'esprit. On se transfigure.

Cela se mue en osmose, en orgasme cosmique et universel.

Ça ressemble à une cathédrale, à une religion jeune, incarnée, insolente et sauvage. Une révélation qui n'avait pas eu lieu au Père-Lachaise et a attendu plus de vingt ans pour s'accomplir. Il lui fallait sa sorcière.

J'ai fait le même genre de rêve à l'adolescence. Où je rencontrais Jim. Où il me parlait, parce qu'il avait des choses à m'apprendre.

Je ne suis venu à ce concert étrange que pour me souvenir de moi.

Je n'ai guère connu de rencontre artistique aussi forte que la première fois où j'ai entendu *The End*. Sur le sol de ma chambre d'adolescent, étendu sur la moquette bleu-gris. Subjugué par le chanteur. J'ai commencé à me sentir bien dans mon univers, après un déménagement en banlieue parisienne qui me déracinait des origines. J'étais étourdi par le changement de décor. Le règlement des meutes nouvelles qui m'entouraient dans la cour de récréation où je tournais seul et sans but, ne sachant trop à quel groupe me mêler. Alors j'ai suivi la voix de Morrison.

Sauvé par le roi Lézard.

Je suis sonné et presque éberlué que ça m'arrive à nouveau.

De découvrir Patti Smith au cœur de mon pays des merveilles.

Elle avait toujours été là. Patientant à l'orée de mon adolescence.

Elle que je cherchais quand j'avais les cheveux longs, quand je forçais ma sauvagerie.

Elle encore dans tous mes désirs désordonnés, dans mes élans, dans mes excès, dans ce maelström et ces tempêtes dans chaque regard. Dans mes envies d'absolus, dans mes ivresses et dans mes désincarnations. Dans mes transports et mon absence de compromis.

Elle dans le regard de E.

Elle s'annonçait dans toutes mes intuitions et dans tous mes complexes.

Loin des cimetières, au cœur de ma vie même.

C'est elle qui a fendu le marbre.

Land

Se profile un opéra, qui fait songer aux figures effarées de Jérôme Bosch.

Avec *Land*, on ouvre la boîte de Pandore où les mythologies se confondent dans des visions enchevêtrées, un nid de serpents soudain dérangés dans leur indolence.

Il y a des morceaux monstrueux et changeants qui contiennent des galaxies. Dans ce capharnaüm de références, il y a toutes les influences de Patti Smith qu'elle a fait tenir dans une chanson absolument hors norme.

Ça vous chauffe l'âme à blanc.
Ça vous fait ouvrir les yeux grands.
Ça vous met K-O comme une seringue d'héroïne.

« Mais, monsieur, vous vous droguez ? »

J'avais écrit une nouvelle il y a longtemps. C'était celle dont j'étais le plus content. Ça parlait d'un bassiste junkie jusqu'au bout des ongles. Il avait fracassé sa vie. Une dégringolade classique. Je l'avais portraituré dans un texte frontal, dur, glauque, sans aucune concession ni aucune ironie. Juste pour regarder la déchéance en face. J'étais fasciné par ça. Par cette perdition et ces bouts de mort et d'extase injectés dans la vie. Ces trucs pour lesquels on va en enfer. C'était presque un pastiche de Selby mais il était réussi. Je m'étais retrouvé à en parler dans un lycée. Ça a été parmi les premières questions qui fusèrent.

Un garçon, touchant et gêné, m'avait demandé ça. Ils faisaient assez mal la différence entre la vraie vie et la fiction. Ma première réaction aurait été de dire que oui, j'étais comme mon personnage. Je n'aime pas trop les histoires où on ne met rien de soi. C'est toujours proche de l'imposture. J'avais envie qu'on ressente ce danger qui m'a toujours attiré. Mais la vérité c'est que j'ai du mal à supporter même un joint. Mon corps ultraconservateur rappelle vite à l'ordre mon âme un peu trop libertaire. Et moi au milieu, j'essaie de sauver leur mariage instable. J'aurais bien aimé être Keith Richards. Mais mon apparence sage m'apparentait à Paul

McCartney. Je suis un Beatles contraint. J'aurais aimé que ce gosse continue d'avoir une lueur de terreur mêlée d'admiration en me regardant. Se dire que je faisais partie de ceux qui osent. C'est con et romantique. J'éprouve la frustration de tous ceux qui ont choisi la vie à la fin de *Trainspotting* (film qu'à une époque je regardais inlassablement). Peut-être bien que je me suis drogué à la musique et à tout ce que j'ai pu. Ça a gouverné mes goûts pendant très longtemps. Cette aspiration à la connaissance des gouffres. C'est ce qui m'a d'abord fasciné dans ce morceau que Patti entame maintenant.

Le début du morceau est doux pourtant, insoupçonnable des tonnerres qui menacent et vont balayer les portes du monde connu. Johnny, le héros de la chanson, se tient au bord de l'abîme. On entend les chevaux emballés. Leur galop s'élève en vous, quand vous plantez une seringue dans une veine bleutée. Le regard s'abandonne à l'hallucination d'un sommeil extatique. Cet oubli dont tous ceux qui l'éprouvèrent une première fois veulent retrouver le goût. Ça les transforme en corps piteux, misérables et décharnés. Une armée de damnés dans leur impossible quête d'un paradis perdu. Au fond, les drogués ne sont que des vivants hyperboliques.

C'est mauvais pour la santé, l'hyperbole. J'en sais quelque chose.

J'ai toujours eu des mouvements incontrôlés. On a toujours tenté de les domestiquer à coups de chimie. Pour ne surtout pas les libérer. À partir de mes quinze ans, on se défiait de mes emportements. Des convulsions épileptiques qui raidissent parfois mes membres à l'avènement d'émotions fortes.

L'autre jour, Sigolène Vinson planta son beau regard vert dans le mien. C'est une écrivaine que j'aime fort, à la parole rare, vraie, émouvante, sauvage et intense, comme ses livres. Elle m'avait observé pendant la rencontre dans une librairie où elle intervenait. À mon habitude, comme si c'était moi que tous regardaient, je me tenais fort les mains et les jambes croisées pour parvenir à en contrôler les sursauts. Sigolène m'intimide terriblement. Je me comporte devant elle en ado paralysé d'admiration. Elle le sait, elle le sent. Je ne sais pas bien ce que j'attends à vouloir rencontrer les gens sur qui j'ai tant projeté. Parce que c'est intraduisible ailleurs qu'à l'écrit. C'est la même différence entre un voyage qu'on rêve et un voyage qu'on fait. La réalité quand on ne sait pas l'accueillir peut être une terrible frustration ou une divine surprise. Souvent les deux à la fois.

Elle me dit : « Libère tes mouvements dans ta vie et dans ton écriture. » Elle a vu que je me surveillais. Sans cesse, comme un flic infâme aux trousses de mes spontanéités. Je me suis troublé. Je me souvenais de E. qui me disait qu'elle les aimait, mes mouvements. La coïncidence de mots m'ébranle. Dans ce conseil d'amie, d'une justesse intense, couraient les mêmes égards. Cette invitation à s'incarner soi-même. Je l'aurais embrassée. Je n'ai pas osé. J'ai baissé les yeux et j'ai bafouillé que c'était un conseil extraordinaire. Je ne sais pas si elle a mesuré à quel point il était révolutionnaire. Je ne m'y suis pas attardé, mon masque se serait fissuré.

Elle m'invitait à être moi, à lâcher la bride, dans les textes que je faisais et qu'elle trouvait trop retenus, trop contrôlés, trop surveillés.

J'ai longtemps vécu plein de mes embarras. Je me suis longtemps observé.

Elle m'a vu, encore prisonnier de mes réserves et de mes timidités contraintes. Elle m'a suggéré, dans ce regard qui m'a transpercé (elle me regardait vraiment, c'est rare), que la beauté n'est que dans ce qui nous échappe. J'ai toujours eu peur du volcan que je contiens. Il y a toujours un coup de tonnerre, une violence dans les invitations à naître. Dans les invitations à danser de toute son âme. Assumer ses bugs.

« Je te préfère épileptique », a souri Sigolène.

Patti Smith a une gestuelle hypnotique. Évocatoire. Rien de spectaculaire, mais une telle expressivité, un tel débordement de sens et de signes qu'elle vous embarque à chaque fois. Parce qu'ils font partie d'elle et qu'il n'y a pas de différence entre ses mots et elle. Dans cet auguste lieu qu'est l'Olympia, il y a un frisson de transgression à la voir hurler quand le morceau s'emballe.

« Come and get me… Come on… Come and get me motherfuckers. »

Avec cette voix brisée de harpie, de pythie antique et possédée, elle ressemble à ces gens frappés d'épilepsie, qu'on appelait le haut mal dans l'ancien temps, parce que dans leurs transes, les dieux semblaient prendre possession de leur corps. Le public est envahi d'une teinte rouge. Au cœur de la flamme. C'est comme ça que cela s'est fixé dans mon souvenir. Des bras qui battent la mesure frénétiquement comme une mer spasmodique. Tous levés en l'air… quelque chose d'une cérémonie déviante.

Tout le monde a oublié qui il était, où il était. Et s'abandonne à une sorte de folie salvatrice, cathartique. À aucun moment cela n'a été plus vrai qu'à la montée de la pulsation, quand Patti répète, haletante :

« *Horses, horses, horses…* »

Dans nos oreilles et dans nos yeux a été injectée l'héroïne. L'aiguille toute proche de nos sens. C'est foutu. C'est le plus beau trip de ma vie.

Vous décrire les démons confondus qui vous embrasent, les mondes qui vous envahissent. Vous êtes fiévreux. Fiévreux comme aux premiers temps du rock. Fiévreux comme ceux qui découvraient les sublimes décadences du Velvet Underground. L'ivresse vous aspire comme une malédiction. La course des chevaux hallucinés vous assaille. Les chorégraphies se font tortueuses, sulfureuses. On est plongés à l'aube du rock, quand il était scandaleux et brûlé en place publique. L'hérésie qu'il n'aurait jamais dû cesser d'être, comme l'étendard, l'oriflamme d'une jeunesse insoumise, indomptable, à jamais vénéneuse.

Je hurle avec elle ce cri saccadé et obsédant :

« *Go Rimbaud, go Rimbaud !* »

Le morceau accélère en même temps que les battements de mon cœur. Je sens la sueur couler dans mon dos. Les muscles qui brûlent d'envie de danser. Les yeux qui se ferment pour aller quérir de l'oubli. Oui. Cette chanson est une dose d'inconscience. Le poison s'est fondu dans la course du sang. Les cieux et la mer se confondent. Les voix se mélangent en poèmes désordonnés. On lâche tout.

On a inventé un sacrifice.

C'est une montée incroyable. Un rush. Je sens mon pouls s'accélérer. Ça s'emballe dans le fond de la gorge. Tout s'ébranle. Je danse, je lève les bras, je me joins au grand cri, au rythme qui m'embrase la paume des mains. Ma voix se brise tant elle semble se libérer. Il y a des visions dans l'air, tangibles devant moi, une agonie intense. L'image d'une gorge tranchée qui vient hanter et apaiser la fin de la chanson sur le disque.

Seulement l'orage n'est pas passé et dans un rebondissement extraordinaire après ce cauchemar éveillé ressurgit la furie intacte de *Gloria*. On rembobine aux origines de l'album et au début du concert. Un nouveau rush.

« *G.L.O.R.I.A.* »

Un cœur qu'on réanime après une overdose. L'impression de jouir.

Un réveil en sursaut extatique. Je me fonds dans le rythme de ce moment-là. Comme l'ovation des hypnotisés qui s'éveillent tous à l'unisson, poussant un cri du fond des âges, au terme de cette chanson qui ressemble à un voyage.

Tous les fantômes surgissent dans l'air et d'un coup s'unissent dans un grand incendie, une invitation à se joindre à la fureur, à tout ce qui n'est pas raisonnable, à tout ce qui n'est pas poli. À tout ce qui n'est pas prévu.

Se libérer de tous nos empêchements, elle a raison Sigolène.

C'est comme faire l'amour violemment. À mille.

C'est une bacchanale.

Un moment, je crois que tout le monde est devenu un peu dingue.

Les gens se lèvent. Quittent leurs sièges, médusés par l'ampleur du moment. S'approchent. Toujours un peu plus près. Toujours un peu plus serrés les uns contre les autres. Entrelacés.

Dans la fosse, juste devant la scène, le sol ondule littéralement et rebondit comme sous l'effet d'un tremblement de terre.

La ferveur. L'intensité. La sueur. L'extase.

Le festin nu.

Plus de bien, plus de mal.

Il ne reste plus rien de ce qu'on n'est pas.

On est en dehors de la société. Une grande évasion collective.

Il ne reste que nous.

Et l'énergie qui auréole nos grands sourires.

L'écho assourdissant de nos cris de gratitude.

Le premier matin d'un nouveau monde.

Élégie

Qu'y a-t-il après la nouvelle aube qui vient d'advenir ? Des pensées. Embrumées comme à la sortie des rêves, juste avant qu'ils ne s'effacent. Le passé qui se recompose. La conscience de tous ceux qui ne respirent plus qu'en nous. On leur envoie une nostalgie, certains matins, pleine de tout ce qu'on leur doit. Porter leur souvenir dans nos cœurs pour continuer à vivre.

À ceux qui font briller les yeux du souvenir et perler sur nos jours la rosée de leur absence.

Au fur et à mesure que le temps passe, on se découvre les bras chargés de deuils.

Avec le sentiment d'un monde qui s'évapore.

À quarante ans, on commence à avoir la voix tremblante d'hommages accumulés, d'amours non réglés, d'adieux non formulés.

À vingt ans, on ne saurait soupçonner les chagrins et les disparus qui étendent leurs ombres sur des jours entiers. Chaque respiration finit par ressembler à un adieu. La fumée d'une clope étrange.

On a pris conscience du prix d'un souffle.

On devient le temple de tous ceux qui nous manquent.

Qu'ils soient de notre sang, des artistes qu'on a aimés, des amoureuses aux liens brisés et aux bras refermés à jamais.

« *To the faithful departed* », lit-on sur les couronnes mortuaires ou les pierres tombales, là-bas dans le Nouveau Monde. J'ai visité il y a quelques années ce cimetière ancien des premiers temps de l'Amérique, niché à Boston, cette ville étrange où les buildings côtoient un patrimoine laissé à l'abandon des terrains vagues. Les pierres bouffées de lierre et les noms oubliés. Ça ressemblait à un décor des sœurs Brontë. La nonchalance des groupes scolaires qui piétinaient dessus avec impatience. C'est triste quand on ne connaît plus le nom des morts et l'importance qu'ils ont eue pour quelqu'un.

Dans mon enfance, quand il faisait beau, ma grand-mère avait ce rite. Elle nous emmenait en promenade, avec un bâton pour pousser mon tricycle. Il n'y avait pas beaucoup d'endroits où se rendre en vérité, le village était cerné de champs. Alors on allait au cimetière. J'aimais ça. Cette quiétude étrange, à la fois triste et apaisée. Ce silence riche de tous les destins confondus. Ces noms mystérieux dont on devinait encore les existences. Ma grand-mère se plaisait à fleurir les tombes délaissées.

On cueillait des fleurs sur les bords des chemins en venant. Elle avait un don pour trouver les trèfles à quatre feuilles.

Je me souviens de mon grand-père, enterré il y a quelques années, dans ce même cimetière. Un colosse pour qui j'avais une grande tendresse. Un moment étrange que cet enterrement. J'étais tiraillé entre deux contraires. J'étais au début de mon histoire d'amour avec E., dans la joie absolue. J'étais hors de propos, dans ce cimetière aux tons de pierre où on inhumait une partie de mon enfance. Un moment effroyablement paradoxal.

Depuis qu'il n'est plus là, je lui envoie chaque jour des clins d'œil. Sur des mots qu'il disait, des choses qu'il aimait. J'espère que j'ai bien su l'aimer, ce gentil géant qui avait mis un point d'honneur à lire mon mémoire sur Baudelaire. Lui qui était si loin de tout ça. Lui qui m'aimait si fort.

Mais je n'avais pas pleuré ce jour-là. J'en traîne, de la mauvaise conscience.

L'année suivante, c'était ma grand-mère qui partait. Les sanglots épileptiques que je n'ai pu contenir à son enterrement, me murmurant pour moi-même « là, c'est dur ». La mère de ma mère qui lui ressemblait tant. Je me souviens de la même stupeur, de cette horreur qu'il y a dans cette sonnerie du téléphone aux heures inhabituelles. Ce sinistre pressentiment qu'on a en décrochant.

Souvent, par je ne sais quelle malédiction, c'est moi qui suis chargé d'annoncer la mauvaise nouvelle. Les gens doivent sentir que je suis assez proche de la mort, avec ma condition étrange. C'est vrai qu'elle fait partie de mes premières pensées. Mais je ne suis pas préparé à ça. Personne ne l'est. À cette sorte de révolte animale, primitive, qui vous étreint quand retentit ce point final. Cette incompréhension autour de laquelle toutes les religions, toutes les philosophies bavardent. Cette heure de l'existence qu'aucun mot ne saurait consoler.

Je me souviens de ma grand-mère, cette petite femme sensible, maladroite. Elle qui était très désireuse de partager l'univers de l'adolescent singulier qu'elle me voyait devenir. On n'était pas d'une famille éminemment lettrée, je ressemblais à une curiosité. Elle qui m'avait écrit cette belle lettre qui me disait que je permettais aux autres de devenir et d'exprimer ce qu'ils n'auraient jamais cru avoir en eux. Elle à qui j'ai fait lire *Les Frères Karamazov*, *Le Seigneur des anneaux* et *Les Fleurs du mal*. Elle avait adoré ça. Elle avait cet adorable chien de berger qui, quand j'étais môme et que je me retrouvais seul alors que les autres gamins, obéissant à leur nature, étaient allés courir ailleurs, venait doucement se coucher près de moi. Il me tenait compagnie ou bien m'offrait son ballon pour que je lui lance.

Près du cercueil, dans le petit cimetière de campagne où ma famille repose, je me suis effondré, juste à côté de la boîte. Je ne savais pas vraiment pourquoi j'étais secoué de sanglots si violents, si impudiques et si irrésistibles et qui me surprenaient moi-même, tant cela me ressemblait peu. Je crois que c'est là que ça m'a foudroyé. Le fait que l'on disparaissait. Le fait que, pour tous les autres, on ne serait bientôt qu'un nom à demi effacé et deux dates énigmatiques. C'est étrange, ce n'était pas ma première mort. Pas même mes premières funérailles. Mais j'ai compris ce que la mort prenait au monde.

C'était trois mois après notre séparation avec E. Cet amour dont je ressassais alors le souvenir, dont je ne parvenais pas à me remettre. Je n'avais jamais été aussi absolument seul. Aussi absolument mortel. Mon oncle, fan des Rolling Stones, qui me faisait faire des tours de moto quand j'étais môme et gagner des parties de poker, me tenait la main. Je la serrais. Fort. La broyant, comme un noyé s'agripperait à une branche. Elle me rappelait les vivants. Je la sentais, sa main. Elle me murmurait « je comprends ». Ces petits gestes qui vous soutiennent quand vous vous effondrez. À d'autres funérailles, il a toujours été celui qui m'a glissé un sourire, me serrant fort dans ses bras à la sortie de la voiture en me chuchotant « tiens le coup ! ». Cet homme qui ressemble encore à ce gamin de vingt ans qui était l'un des héros rieurs de ma jeunesse. Un look de rocker américain, des bracelets, des guitares, qui a été l'un des premiers à me dire avec son argot natal « tu te mets à la gratte, coco ? ». On garde toujours en soi, longtemps, le souvenir de ces gens qu'on aime et à qui on rêverait de ressembler. Cette aisance et ce charme. J'ai adoré ce mec à la naissance. J'aurais pu être ce mec. Je crois qu'il l'a senti.

Ce jour où je commençais à vieillir.

Je n'avais plus de souffle, ni la force de donner le change à ceux qui restaient. C'était un black-out. Je crois qu'à un moment on s'est davantage soucié de mon état que du cercueil. Comme Al Pacino et son cri muet à la fin du *Parrain 3*, sa fille dans ses bras, le regard inquiet de Diane Keaton sur lui plutôt que pour la sacrifiée. Je n'en ressens pas de honte. Presque une certaine fierté d'avoir sorti tout ça d'un bloc. Les démons, ça doit prendre l'air de temps en temps.

Quoi qu'on vive et quoi qu'on fasse, l'ombre grandit et nous accompagne. Bientôt on en portera les stigmates dans chacune de nos rides. On sera la création de nos chagrins, davantage que de nos joies. Les deuils ont la dent dure. Le reste est anecdotique.

À son tour, votre nom sera oublié et rongé par les plantes.

À l'époque du morceau, a dit Patti Smith, elle ne songeait qu'à Brian Jones, Jimi Hendrix, Janis Joplin et Jim Morrison. Tant de noms se sont ajoutés depuis à son cortège funéraire. Les ombres qui la suivent et qui parlent de sa voix. Elle dédie la chanson à tous ceux qu'on a perdus.

Dans le recueillement, je me mets à pleurer tendrement et sans douleur.

« It's too bad that all our friends can't be with us, today… today… »

Rien qu'en écrivant, je les ressens, ils sont là. Dans son interprétation, tout vibrait de leur absence. Elle égrène les noms. Kurt Cobain, Amy Winehouse, Henning Mankell, Lou Reed... Tous les membres des Ramones. Des applaudissements respectueux viennent les ponctuer. Jusqu'à Fred « Sonic » Smith, qui recueille une ovation tandis que sa veuve lui dédie une larme. Tous ceux dont la lumière créatrice a illuminé nos existences.

J'aime parler de la mort. Je ne comprends pas comment on n'y voit pas un réconfort, une berceuse. Triste, certes. Mais une douceur quand même. Le dernier souffle comme une caresse. La poussière d'atomes que nous sommes et qui retrouve sa juste place. Un sourire final. Je me le suis toujours figuré comme ça. Imaginer mes derniers mots et mon lit de mort. Je suis de ceux qui ont besoin d'une conclusion. D'une belle fin, même si elle ne sera pas forcément heureuse. Celle d'une symphonie. Ou d'une comédie.

« Last words out », murmurait Jim Morrison dans le poème d'adieu qu'il adressait à Pamela, sa compagne.

À ce moment du concert, on arrivait au bout de *Horses*.

Alors j'ai senti la chaleur dans mes yeux.

Un sanglot apaisé. Presque imperceptible.

Le plus beau et le plus serein que j'aie jamais versé.

Une catharsis comme je n'en avais jamais vécu.

À l'approche de la chanson, le public s'est inquiété. C'était la dernière piste du disque. L'aiguille allait bientôt quitter son sillon. Patti l'a rassuré en plaisantant, comme on le ferait pour un enfant.

« Non… c'est *juste* la dernière chanson du disque, pas la fin du concert ! »

Au dernier accord du morceau, elle murmure : « *Horses…* », pour marquer la fin de son premier sortilège, rejoué en intégralité ce soir-là.

Privilege

« *The Lord is my shepherd...* »

La religion s'incarne au troisième acte. La chanteuse entame un sermon véhément. Inquiet, gothique, funèbre, mais empreint d'une rage, de la furieuse envie d'une liberté même si elle est dans l'autre monde.

À l'autre bout de la vallée de la mort.

Les bras de Patti s'élèvent. On est sortis de l'univers de *Horses*. Ce morceau est extrait de l'album *Easter*, sorti deux ou trois ans plus tard, plus affirmé, plus intransigeant, plus furibard (dans ce disque, on trouvera l'ode aux désaxés, aux désintégrés et aux artistes uniques qu'est « Rock'n roll nigger »). La démission des dieux comme fondement du malaise qui tord les entrailles de nos contemporains.

J'ai besoin de prières.

Pas de dogmes. Pas de ce cérémonial qui fait se pâmer les grenouilles de bénitier. Juste le geste simple et ancestral de l'humain qui admet son désarroi et interroge le hasard.

Cette chanson pourrait accompagner ceux qui s'en vont trouver des visions dans le désert, de ces endroits où l'on peut croire en Dieu.

Longtemps, j'ai eu peur du noir. J'ai envié les fervents, ceux qui étaient capables d'expliquer le monde avec leur foi. D'allumer cette lumière. Gagner une forme de liberté, de distance, d'insouciance. Quand j'étais gamin, au cœur des insomnies, j'ai murmuré des phrases, des consolations et des espérances, ne supportant pas l'idée du néant sous le silence. Ne supportant pas la chaleur de mon souffle évaporé dans le vide.

Longtemps, j'ai douté.

J'avais besoin de preuves. J'avais besoin de garanties et de prétextes. Enfin, j'ai fini par comprendre que ma seule matière, c'était moi. Si je devais trouver une étincelle de liberté et de plénitude dans cette vie, il ne fallait pas attendre un génie surgi d'une improbable lampe, mais commencer le cheminement en moi vers ce que je considérais comme sacré. M'ouvrir.

C'est une préoccupation, presque une inquiétude, un questionnement qui me suit depuis l'enfance. J'ai absorbé beaucoup de culture, de promesses de salut cartésiennes, philosophiques ou même matérielles. J'ai étudié toutes les spiritualités à la faveur d'une longue convalescence, de celles qui donnent le temps de grands projets qu'on remet bien souvent à plus tard. J'ai été fasciné par le Christ et Bouddha, admiratif devant la sagesse taoïste, émerveillé par la science et la poésie de l'Islam, l'érudition des juifs.

Mon expérience la plus notable, je l'ai vécue auprès d'une illustre Indienne. J'ai rencontré Amma, cette femme étonnante qui enlace les gens quelques instants et les comble d'amour. Il y avait une ambiance étrange ce matin-là dans l'entrepôt de La Villette, avec ces milliers de personnes venues de très loin pour recevoir sa bénédiction et son sourire. Pour guérir un peu. J'étais là en curieux plus qu'autre chose. Une amie m'y avait convié, je voulais la revoir, c'était tout. Elle m'avait dit que l'événement pouvait m'intéresser. Des bénévoles survoltés me poursuivaient partout pour m'emmener sur la scène et s'étonnaient de me voir si peu empressé, si peu investi. Je déjeunais tranquillement un peu plus loin quand on me tapa sur l'épaule.

« Où étiez-vous ? On vous cherche partout ! Amma veut vous rencontrer ! »

Je n'eus pas le temps de me demander par quel mystère c'était arrivé. On laissa tout en plan. On se précipita. La foule était dense. Sur la scène des chants et des gens qui méditaient. Je suis passé devant des silhouettes en attente qui idolâtraient cette femme. Ils en attendaient des miracles, une illumination. Il y avait une telle demande d'amour que je me sentais un peu usurpateur, moi qui ne venais là qu'en curieux bienveillant. Je vis mieux leur nombre au pied de l'estrade où j'avais été hissé. Des regards levés vers moi. Je me dis que c'était ce qu'on devait ressentir quand on rencontrait le pape ou le Dalaï Lama.

Je me sentais désarçonné. Hors de moi. Ou plutôt enraciné dans ce moment curieux et extraordinaire. On m'ouvrit un chemin jusqu'à Amma. Jusqu'aux gens agenouillés qui attendaient pleins d'espoir son « darshan ». J'oubliai la foule, le décor et l'entourage survolté. Je me retrouvai devant elle, juchée sur un divan maculé de pétales de roses.

Je ne savais que faire. J'entamai le geste pour amorcer l'étreinte. Un homme me saisit, me fit comprendre que c'était interdit. Elle s'approcha alors de moi. Totalement. Avec une chaleur maternelle. Elle me serra fort.

J'avais la tête dans son cou. Elle me murmura un mantra au creux de l'oreille. Qui résonnerait longtemps. Qui résonne encore. Elle me tint contre elle comme on tient un enfant. Et puis elle se recula. Me jeta un regard. Moi, j'avais les larmes aux yeux. Elle m'étreignit une nouvelle fois. Le même mantra au creux de mon âme, au cœur de mon oreille. Elle toucha mes jambes, mes pieds, mes épaules, mon dos, tous mes points de douleur. Dieu sait comment elle les avait sentis. Tout se relâcha. Je perçus une chaleur, un amour, une bienveillance incroyable.

Je la quittai éberlué.

Soulagé.

J'ai toujours recherché ce genre de parenthèses étranges, le jugement et le cynisme en suspens, juste pour voir. Notamment dans ces églises incroyables à Florence.

Pendant longtemps, j'ai eu envie d'Italie. Je pourrais prétexter des opéras, des lectures ésotériques ou de vagues souvenirs que j'ai retenus du latin malgré mon niveau catastrophique. Je pourrais même être crédible et impressionner mon monde. Mais je crois plutôt que ce goût remonte à *Astérix* et à mon amour immodéré des spaghettis à la bolognaise, qui, encore à ce jour, demeurent la traduction d'une saveur parfaite (les meilleurs que j'aie jamais mangés se trouvent à la Trattoria da Nico à Venise, dans une petite rue près de la place Saint-Marc, où d'après les photos qui ornaient le restaurant Marcello Mastroianni avait ses habitudes). C'est un art de vivre que j'y étais venu chercher. Ce qui m'avait fasciné aussi dans ce film de Bertolucci, *Beauté volée*, qu'à l'adolescence je revoyais avec une obsession maniaque. J'ai beaucoup revu les films. Pour *Le Parrain*, c'était presque une fois par semaine à un moment donné. Je ne m'explique pas cette pathologie.

L'Italie résonne profondément en moi. Je le réalise en écrivant ces lignes. Quelque chose m'y attire. Une lumière chaude, les nuances du midi et une sensualité assumée. Ma mère avait eu cette jolie observation dans les rues florentines : elle me fit remarquer que les femmes rayonnaient. Elles étaient radieuses, toutes. D'une beauté épanouie comme après de belles nuits d'amour. Il y a cette langueur dans l'air. De cette jouissance au grand jour, assumée. Colorée. Comme les églises qui m'ont beaucoup frappé, par la générosité, l'exubérance de leur foi (même au Vatican). On en a en France une conception plus austère et plus janséniste.

J'aurais pu être fervent dans ces couleurs.

En vérité, je l'ai été. Toujours en voyage. Éloigné de mon quotidien et de mes certitudes. Il y a cette chose qu'on s'autorise à être quand on est en transit. On se découvre sans passé, sans avenir, débarrassé d'un bagage que l'on ne récupérera qu'au retour. Cet incroyable état de curiosité permanente. D'irresponsabilité. C'est une ivresse curieuse. Mes souvenirs de vacances sont tous mystiques quand ils sont beaux.

Ça vous écrase comme une cathédrale, la beauté, immense, qui circule partout. Ça nous est devenu aussi indifférent que le souffle qui nous fait vivre. Cette chance de voir s'écouler les instants ne se heurte bien souvent qu'à notre ingratitude. Je me souviens des moments où j'ai eu l'intuition de l'immense. Où j'ai été présent à moi-même et à chacune de mes respirations. Où je croyais deviner Dieu dans le scintillement d'une guirlande pendue au-dessus de ce sinistre lit bateau qui craquait, quand j'étais si petit et déjà insomniaque.

Dieu ou du moins la question qu'il posait, cette présence que parfois je ressentais m'a accompagné toute ma vie, dans l'amour d'une femme et d'un regard qu'on échange, dans ces moments de confidence et d'amitié sincères instantanées et sans âge, qui semblent reprendre alors qu'on se rencontre à peine. Dans un paysage. Dans le Duomo de Florence où un homme adorable nous avait fait pénétrer mes parents et moi, alors qu'il était interdit au public. Je me tenais là, sous le dôme peint de la vie du Christ, absolument saisi par l'instant, le souffle coupé.

Au loin s'élevait une messe. C'était réservé aux fidèles.

J'éprouvais une défaillance à la Stendhal.

Les yeux rivés sur la scène, l'invisible s'impose à mesure que la chanson progresse. L'oracle à la chevelure blanche convoque l'enchantement au monde. L'air en est devenu presque vibrant, tangible. La preuve d'un autre univers.

Les arpèges de l'orgue posent ce rituel de cathédrale. On se retrouve devant l'autel à écouter la supplique.

« Oh, God, give me something
...Set me free. »

Les apôtres devaient ressentir cela au mont des Oliviers. Quelqu'un qui mettait en mots et en gestes ce qui leur retournait le cœur. Mais Patti Smith n'est pas prophète, ni messie, et la question demeure suspendue. La colère impérieuse d'un homme prisonnier de sa condition s'élève dans un cri électrique.

« Set me free ! »

Il n'y a pas de futur. La vénérable icône recouvre son aura révoltée. Son désespoir aussi. Ses bras écartés, son pied qui bat furieusement la mesure, attisent la soif de sacré qui demeure en chacun de nous. Nos corps encombrent nos âmes et les entravent, comme des vêtements mal taillés. Il s'agit de se déployer de toute son envergure.

Ce dernier acte sera celui qui enjoint à l'émancipation, à la libération absolue.

Horses nous rappelait qui nous étions, comme un constat fiévreux, tendre et mystique.

Vient le temps des revendications et de la prise de pouvoir.

De la réconciliation et de l'unité.

On recolle les morceaux.

Après l'élégie vient la force de vie de ceux qui restent.

Cette incroyable sorcière dionysiaque…

Cette énergie qu'elle instille en vous et dont elle se nourrit sans cesse. Quand vous pensez avoir atteint un paroxysme d'émotions, elle vous pousse dans une direction encore insoupçonnable.

Par moments, elle crache par terre comme un dragon furieux.

Dieu qu'il était bon d'être en vie ce soir-là.

Beneath the southern cross

Toujours en Patti Smith, en même temps que sa dimension spirituelle, grave et solennelle, il y a un sourire, une bienveillance et une espièglerie. Nous sommes le 20 octobre, je l'ai déjà dit, c'est l'anniversaire de Rimbaud.

Patti ressemble aux mythes américains. Elle se joint aux flashs d'images en noir et blanc dans l'inconscient collectif. Marilyn Monroe éméchée chantant *Happy birthday* pour JFK. Elle veut faire de son cher Arthur le héros du jour. Elle se lance dans une assez bonne imitation de l'icône langoureuse.

« *Happy birthday, dear Arthur.* »

Le portrait de ce cher Arthur au regard lointain a veillé sur mes années d'étudiant en lettres.

Pour moi, il est source de lumière puisqu'il a vécu sa vie selon ses propres règles. Le qualifier de maudit m'a toujours paru être un contresens. Son idéal n'était pas forcément d'être reconnu pour ces poèmes qu'il considérait comme des erreurs de jeunesse. Il a certes accumulé les avaries dans le Harar, mais il l'avait choisi, ce désert.

Je me suis joint au chant d'anniversaire de bon cœur, car ce jour de naissance est aussi celui d'un ami à moi. Un peu perdu de vue mais toujours là. De ceux dont on n'a guère besoin de s'enquérir.

Les poètes sont des compagnons de vie et de littérature. Ils m'étaient primordiaux à la fac, m'aidaient à respirer. Contraint et forcé, j'écoutais les ergoteurs, les professeurs et les commentateurs. Ceux qui semblaient avoir autorité pour parler de poésie. Les adoubés officiels vous enseignaient à entendre les textes de la même oreille qu'eux, avec tout le jargon qu'il fallait posséder sous peine d'excommunication sévère.

On devait faire mine de croire et de trouver de l'intérêt à leur bavardage pédant, quand j'en voyais s'endormir par dizaines devant eux. Je suis entré à la fac avec la passion des poètes.

J'hésitais entre l'anglais, la philosophie et la littérature (en y songeant maintenant, je me suis finalement initié aux trois).

Patti chausse ses lunettes de lecture en les qualifiant de « tragédie du grand âge » avec un rire. Elle plaque les premiers accords de *Beneath the southern cross*, se dirigeant vers son complice Lenny Kaye. Si elle joue de la guitare, c'est grâce à son époux, Fred Smith. Il lui en a appris les rudiments dans un dernier beau geste, alors qu'il était très malade. Il lui a laissé cet héritage précieux. Elle a composé cette chanson. Avec un seul accord en *ré* dans son introduction. Le seul qu'elle connaissait.

Elle s'interrompt. Si elle marche avec ses lunettes, elle est prise de vertiges. Elle avait prévu de lire un texte et avait dû trouver une solution de fortune, réalisant qu'elle ne pouvait jouer de la guitare et brandir sa feuille blanche dans le même temps. On rit. On est avec elle. Il en faudrait beaucoup plus pour qu'on lâche sa main.

« Je n'ai pas foiré la première partie, je peux bien me planter sur celle-ci ! » dit-elle.

On rembarque pour de bon. Un accord hypnotique aux allures de danse irlandaise. Sa voix envoûtante s'élève, grave, tenue et profonde comme celle d'une belle créature des abysses.

Les visions, un moment éloignées, reviennent, se contorsionnent.

Le bateau affronte sa tempête, affirme fort son désir de vie, d'être, au-delà de toutes les entraves. Être là, être à soi. Échapper aux contingences, pour investir le présent, la liberté, hors de tout ce qui est admis, hors de tout ce qui est correct, et hurler de sa propre voix, d'une colère, d'une joie ou d'une douleur totalement assumées, revendiquées comme un droit fondamental de l'existence. Le rythme du *Howl* d'Allen Ginsberg rencontre l'ivresse rimbaldienne en une incitation impérieuse. Une invective. C'est grandiose.

Chaque vers est court. Presque nominal. Un mot ou deux mais totalement expressif et riche de tout ce qu'il évoque. C'est curieux, je me souviens de phrases entières, d'images complexes, un galion sur une mer démontée, un esclave ligoté au mât qui se libérerait peu à peu des entraves de sa condition. Le ciel qui gronde. Le chant des sirènes qui ont tenté si fort Ulysse et ses compagnons.

Cela monte. Cela monte sans cesse. Mon ciel se larde d'éclairs. Les guitares électriques viennent se joindre aux acoustiques. J'ai mal au ventre tellement c'est beau.

Je me sens bringuebalé. Elle se saisit rageusement de la feuille fixée au micro après qu'on lui a rapporté ses lunettes. Elle lance en anglais des vers qui me reviennent, comme s'ils étaient inscrits dans mes os.

Comme je descendais des Fleuves impassibles,
Je ne me sentis plus guidé par les haleurs :
Des Peaux-Rouges criards les avaient pris pour cibles,
Les ayant cloués nus aux poteaux de couleurs.

Tout était déjà là, dans *Le Bateau ivre* de Rimbaud, qu'elle inclut à sa musique, qu'elle respire et qu'elle crie. Le chant d'anniversaire et le début hésitant font sens. L'enjeu était de taille. Il fallait réussir l'hommage.

Je me retrouve à dix-sept ans, reprenant à la fin d'un texte mal fagoté cet extrait du même poème. Ça touche à mes racines, électrisées comme des nerfs qu'on heurte.

Mais, vrai, j'ai trop pleuré ! les Aubes sont navrantes.
Toute lune est atroce et tout soleil amer :
L'âcre amour m'a gonflé de torpeurs enivrantes.
Ô que ma quille éclate ! Ô que j'aille à la mer !

Dans sa voix à elle, il y a ce souvenir. Celui de mes amours perdues. Celles d'il y a longtemps. La belle brune sur mon canapé qui me disait, avec une grandiloquence touchante, que mon écriture c'était mon sang. Les poèmes et les lettres que j'ai accumulés autant pour séduire que pour me découvrir. Tous les visages qui ont servi de prétextes à mes mots. Beaucoup de femmes à qui je n'osais pas parler. Je leur écrivais. Pour me dire que je n'étais pas seul.

Certains jours que je n'ai pas assez remplis, tout me revient en rafale. Il faut une certaine force pour s'arracher à ces ombres. Tandis que j'avance, ce cortège d'anciennes amitiés, d'anciens textes, d'anciennes muses, sont le courant d'air qui marque mon passage. Tout ça murmure dans mon dos. Souvent, je sais les entendre et faire la paix avec. Pas toujours.

C'est ainsi que j'ai rythmé ma vie, pour tromper l'ennui, en accumulant des visages, des rencontres, des masques pour me cacher derrière. Des amis fusionnels disparus quand leur heure est passée. J'ai beaucoup de tendresse pour le souvenir qu'ils laissent, en particulier pour celui qui m'a fait découvrir les petits restos autour de la Sorbonne, quand on traquait les traces d'anciens temps héroïques en organisant des virées improbables.

Cet ami conduisait comme Dean Moriarty. Il était un brillant causeur, un jeune homme extrêmement cultivé sous ses allures de nonchalance. Il me traînait dans tous les cinémas et dans des concerts où je m'aventurais encore fort peu, effrayé par une ville inaccessible. Il est le premier à m'avoir fait entrevoir le monde.

Son charme naturel faisait qu'il était populaire et qu'un peu de sa gloire rejaillissait sur moi. Il avait quelque chose de Marlon Brando dans l'attitude et le visage. Il s'amusait bien davantage à recueillir les confidences qu'à se livrer lui-même, cultivant un silence qui lui conférait un mystère, réel ou fantasmé. Les femmes ne lui résistaient pas. Les hommes voulaient son amitié. Il avait pour moi des attentions presque paternelles. Il savait se faire aimer autant que détester. Je lui enviais son magnétisme.

On s'enivrait. Comme des vauriens en goguette surgis d'un poème de François Villon. On écumait parfois les rues moins bien fréquentées. Je me souviens d'une prostituée d'une cinquantaine d'années, blonde et corpulente, qui m'avait adressé un sourire tendre et triste quand on était passés devant elle. Je crois qu'autour il y avait des junkies affalés sur le trottoir. On accumulait les sorties de cinéma où on se prenait pour Musset ou Axl Rose. On se livrait à de longues conversations, à échafauder des projets sans lendemain à dix-huit ans avec une conviction inébranlable. La littérature était partout vivante, affleurant à la surface des choses. Ma jeunesse a le visage de ce compagnon. Elle l'aura toujours.

Auprès de Patti, j'ai retrouvé les frissons de cette grande époque. Dans le secret de mon cœur, ils demeuraient sous clé.

Dans cette chanson, il y a le revers de la médaille. Ce paradoxe que j'incarne. Cette liberté qui ne veut pas être ligotée. J'ai été souvent entravé par l'attente et les autorisations que je devais demander pour tout. Je découvrais que j'aurais toujours besoin des autres. Ériger ma condition physique en excuse serait joli mais un peu trop facile.

J'ai la conviction profonde qu'aucun bonheur ne vaut s'il n'est pas partagé. Je me souviens des derniers mots que Sean Penn a glissés dans la bouche de son héros, tragique, grandiose, naïf et ridicule à la fin de *Into the wild*. Rien ne peut naître de bon de la solitude. On a besoin de communier, pour aboutir à cette libération que Patti hurle comme un slogan.

« We're free ! We're not slaves ! »

Le cri demeure suspendu dans l'air. Je touche le présent.

Le temps.

C'est bizarre. On doit prendre garde à la manière dont on le dépense. On oublie qu'il peut nous dépouiller. Au dernier matin, on ressemblera tous à un joueur que la chance a trahi, hagard à la table d'un casino. Rien ne dure. Un jour pas si lointain, j'aurai suffisamment mal pour être empêché de tout.

En attendant, je veux choisir. Faire les choses est un effort et a un prix, souvent douloureux quand on est dans mon cas. Chacune de mes sorties, dans l'énergie qu'elle exige de moi, entraîne à sa suite une procession de jours fourbus et comateux. Rien n'est gratuit et tous les châtiments me reviennent régulièrement travestis en contractures, en courbatures, en migraines et en convalescences. Je me retrouve l'œil vitreux sur le canapé. Je connais les conséquences. Je connais la facture. J'ai une conscience aiguë de ce que la vie exige de moi. J'ai décidé d'en accepter l'augure ou la fatalité. Ça ne me rend pas meilleur. Je ne surmonte rien du tout. Mais quitte à vivre avec une épée de Damoclès au-dessus de la tête, autant accepter qu'elle s'abatte de temps en temps. Accompagner le mouvement pour qu'il soit un peu plus doux, un peu plus vivable.

Je suis assez vieux pour m'arrêter de fuir.

Je ne ferai que ce que je veux et rien d'autre. Je n'ai pas les vies illimitées d'un héros de jeu vidéo. J'éviterai la peine ou les compromis. Et je ne veux pas être seul, comme ces égoïstes qui croient se réaliser quand ils s'emmurent dans leur bulle d'ermite.

J'écris pour que ça résonne. Pour que quelqu'un me prenne au vol et m'accompagne. Le temps que ça sonnera juste.

Il y avait toute ma vie dans cette soirée d'anniversaire rimbaldien, toutes mes envies, tous mes passés. D'habitude, ça m'emmerde, les célébrations. Mais cette chanson contenait tout ce que j'aime.

Dans les affres de mon passé.
Dans le pressentiment de mon avenir.
Mais surtout mon présent redevenu intense.

Merci pour le cadeau, Patti.
Joyeux anniversaire, Arthur.

Because the night

Patti sort un moment de scène. Lenny Kaye se lance dans un medley consacré au Velvet Underground, toujours en hommage aux fantômes qui hantent la soirée.

On songe au groupe inventé par Andy Warhol. À Lou Reed qu'elle a salué plusieurs fois. On continue de redécouvrir les décors du passé, l'épave du *Titanic* qui retrouvait sa splendeur d'antan au début du film de James Cameron.

Il y a une dimension proustienne dans ce concert, réincarnation qui a duré deux heures. Des souvenirs qui restent et imposent leur absence davantage que n'importe quelle présence. On devine dans l'air la faune d'artistes et de créatures étranges qui peuplaient la Factory warholienne. Robert Mapplethorpe et Patti l'ont connue un peu trop tard, quand ce monde était devenu un microcosme glorieux et décadent, désintégré doucement par le succès. C'est dangereux et sclérosant, la gloire. Même les junkies ou les paumés deviennent des bourgeois. Ils ont l'air plus branchés, plus « destroy », mais ils sont aussi dédaigneux et figés que des notaires dans leur tour d'ivoire cernée d'idolâtres.

Patti Smith est leur antithèse, fidèle à elle-même et loyale à ses passions. Comme elle, j'espère continuer à me ressembler longtemps. Vieillir n'est terrifiant que lorsqu'on devient sa propre caricature. C'est de la paresse.

Assumer tout... Tous les lieux et les êtres qu'on a connus et qui nous ont inspiré. Avoir l'intégrité de les aimer encore. Ne cesser de lutter contre l'indifférence froide des tombeaux.

Patti revient. Tarde un peu. Plaisante qu'elle avait besoin d'aller aux toilettes et que les femmes ont besoin de plus de temps (citant l'exemple d'un débat où Hilary Clinton arriva un peu après la pause publicitaire, alors que tous ses concurrents avaient pu se soulager dans l'intervalle, anecdote qu'elle a rapportée des coulisses). « C'est la nuit des longues pisses, que voulez-vous... », conclut-elle.

Elle introduit la chanson suivante. Elle l'a écrite en l'honneur de son petit ami, qui l'est toujours, même s'il a disparu. J'aime cet amour qui perdure et impose sa chaleur et son éternité. Ce lien dont elle frissonne encore, la tendresse avec laquelle elle prononce le nom de Fred « Sonic » Smith. La manière dont elle entretient sans cesse sa mémoire. Cette chanson, elle l'a écrite pour lui avec « un autre type », Bruce Springsteen, en 1978. Elle n'en annonce pas le titre. L'ovation est immense aux premiers arpèges du piano.

L'univers entier se met à chanter.

Commence alors cet hymne à l'amour qu'est *Because the night*.

Cela débute par une étreinte. Une vulnérabilité.

« *Take me now, baby, here as I am.*
Hold me close, try and understand. »

La forme suprême de l'amour, ce n'est que ça. Prendre l'autre pour ce qu'il est. J'en ai vu qui voulaient se changer, créer un monstre qui allait les renier. Il m'est arrivé de le faire. Rêver à celui que je ne pourrais pas être. À tenter de me dépasser, parce qu'on a besoin d'être fort pour la femme qu'on aime. E. m'y enjoignait tacitement. Elle ne m'aimait que pour ce qu'elle devinait en moi, pour cet avenir qui se dérobait devant nous. Elle en a donné l'impulsion mais il s'est accompli sans elle. Moïse n'a jamais pu après tout fouler la Terre promise.

J'ai vécu mon grand amour. C'était un château de sable menacé par la marée montante. C'est sans doute ce qu'on peut éprouver de plus beau, de plus dérisoire et de plus douloureux.

C'est tout ce qui me reste finalement. Des bouts de présent dont je n'ai pas mesuré le prix. Des parfums, des sensations, des images fugitives et des instants volés. Son sourire, son regard. Le goût de sa bouche et la beauté de son corps. Ces courbes qui m'évoquaient la plus belle des sculptures. Les frissons qui coupaient le souffle. Mon corps à moi en est encore un champ de vestiges. Les baisers qui faisaient basculer le réel. Ça s'inscrit en vous comme un tatouage. Je ne me souviens plus que de ça, de tout ce qui était fugitif. Pas des plans sur la comète. Juste de ce matin où elle s'était levée pour descendre en bas de la mezzanine et répondre au téléphone, encore un peu dans le sommeil, dans l'abandon nonchalant d'une femme aimée. Cette confiance-là, tacite et silencieuse, ces aubes ou bien ces nuits, c'était ça l'amour. Ce corps et ces inflexions de voix que l'on pouvait réciter par cœur. Ces causeries du petit déjeuner où on prenait une cigarette avec notre premier café en refaisant le monde. Cette aisance que l'on avait ensemble, même mal réveillés et encore chiffonnés. Ce temps et ces horaires décalés qui semblaient nous appartenir.

Ces repas pris à n'importe quelle heure. Quand l'univers ressemblait à une jeunesse qui balayait tout. Quand on était seuls. Avant l'arrivée des invités souriants et tapageurs du seul réveillon de nouvel an partagé ensemble, blottis sur ce canapé avec la hantise de voir éclater notre bulle. Avec la prémonition que tout cela était fugitif, et que le monde, à l'aurore, allait briser le miracle de notre parenthèse et de nos communs accords.

Moi qui prémédite tout, qui écris tout, qui contorsionne même au besoin, quand la réalité m'ennuie, cet amour-là m'a mené par le bout du nez. Il était une surprise permanente.

C'était si loin des correspondances alambiquées que j'ai entretenues dans ma jeunesse. De la belle blonde du temps de la fac pour laquelle j'ai rédigé toute une œuvre en prose et en vers, pendant des années. Un été, je lui ai écrit une sorte de journal, chaque jour. Je le lui avais offert au bout de la saison.

On s'était rencontrés à un atelier d'écriture qui se tenait le week-end, où quinze braves se retrouvaient dans le campus, immense blockhaus de banlieue déserté des fantômes estudiantins qui, la semaine, lui donnaient un semblant de vie et de cohérence. Perdu dans ce décor étrange comme un film de zombies, on déroulait nos œuvres. Un thème et une heure à gratter. J'ai adoré ça.

Au début, je ne voulais pas lire ce que j'écrivais. Je ne prenais jamais la parole en public, persuadé d'en être incapable. J'étais convaincu d'être un timide pathologique. C'était faux, mais je ne le savais pas. J'ai passé les vingt premières années de ma vie à ne pas vouloir parler, à me planquer derrière les autres. Je préférais dérouler les mots que je n'avais pas le courage de vivre. Je voulais avant tout me faire oublier.

J'ai toujours écrit un peu en cachette. C'était un truc pas très avouable, un jardin secret. Mon intimité était absolument investie par tous ceux qui étaient habilités à donner leur avis sur moi. Ceux qui vous prêtent assistance, vous aident dans la vie quotidienne, à manger, à vous habiller, finissent toujours par croire qu'ils ont sur vous une sorte de droit moral, une exclusivité. Ils avaient des envies de décider tout à ma place, de me déposséder de moi-même. Même certaines amitiés, longtemps persuadées qu'elles étaient les seules. Je ne sais pas si c'est moi qui donne ce sentiment. Mais les gens, du fait de la dépendance, de la faiblesse physique, ont tendance à vous gommer le libre arbitre. Je l'ai souvent constaté, et c'est naturel, sans doute. Du coup, c'était dans l'écriture que résidait la vérité que je protégeais farouchement de l'extérieur.

J'ai menti beaucoup dans mon adolescence, pour complaire, pour ressembler à mes condisciples, pour ne pas être repéré, pour ne pas devenir le « différent ». Sans l'écriture, je crois que je n'aurais jamais su qui j'étais, ce que je ressentais et ce que j'avais dans le ventre. Je n'aurais rien expérimenté par moi-même. On ne pouvait me connaître que par les papiers que je semais, et connaître également ce qu'il y avait dans mes silences. Sans l'écriture, mon existence au monde était presque à remettre en cause, gravement complexée, atrophiée. Alors passer mon week-end dans un atelier d'écriture, c'était un irrésistible appel du destin.

Elle avait les cheveux blond vénitien et le regard clair (bleu-vert, je crois). Le visage très fin. La voix douce, timide, murmurée, de celles qui m'émeuvent depuis toujours. Ce souffle feutré qui dit les tourments tout bas. Cette manière de s'excuser d'être là. Elle écrivait des textes superbes. Poétiques, sensibles et amples. Tout ce qu'on n'aurait jamais soupçonné au premier abord.

J'ai lu mon texte. Mon cœur battait à tout rompre. La gorge serrée. Finissant à grand peine avec un filet de voix tremblant. Elle a souri et m'a adressé un signe d'approbation. Je l'ai aimée pendant des années pour ce premier sourire. On n'a jamais su le traduire, ni elle, ni moi. Ça a donné une amitié étrange, principalement épistolaire. Ce caractère d'entre-deux-mondes, cette indécision qui a d'abord caractérisé mes amours.

J'aimerais pouvoir aimer sans ressentir l'envie d'écrire. En oubliant les mots, on peut réellement vivre. L'écriture raconte une fuite et comble une absence. C'est nécessairement malheureux. Parce que la nuit appartient à ceux qui s'aiment. Pas à ceux qui se l'écrivent.

Patti Smith a écrit son texte au début de sa relation, alors que Fred et elle vivaient loin l'un de l'autre. C'était avant l'ère des portables, d'internet et des messageries instantanées. Ils ne pouvaient s'appeler que de temps en temps, le soir, et ça coûtait de l'argent. La chanson est née alors qu'elle attendait son appel. Se languissait de lui. Dans ces moments d'intenses anticipations, ces gouffres que seuls les amoureux séparés connaissent. Ces vertiges de crainte et d'impatience mêlées. Dans le regret de tout ce qu'ils n'avaient pas encore vécu ensemble. Elle n'avait que ses mots pour exprimer son désir et son attente. Pour attiser des hémorragies de frissons sur de l'absence.

Je ne sais pas si on peut vivre sans s'inventer des histoires, sans masquer notre peur du vide.

Ces maladroites rustines d'idéal pour combler le réel.

La mélodie solide de Bruce Springsteen vient souligner l'ardeur de l'union. Il lui confère l'urgence d'un indéfectible serment.

C'est ainsi que l'on devrait toujours faire l'amour.

La nuit n'appartient plus qu'aux amants.

Eux seuls sauront comment absorber toute la lumière des étoiles.

Eux seuls sauront triompher du sommeil.

Tous les visages de l'amour se succèdent dans la voix de Patti, dans le sourire qui ne la quittera pas de la chanson. L'ondulation élégante de son torse. Ses bras encore qui accompagnent tout comme une ponctuation.

Je songe de nouveau à ce mec qui avait hurlé tout à l'heure *« I love you Patti ! »* qu'elle avait gentiment éconduit.

Force est de reconnaître que, à ce moment-là, il est bien délicat de ne pas être éperdument amoureux d'elle.

L'amour, cet ange déguisé en luxure, qui vous soumet à ses sortilèges et vous rend invulnérable aux blessures, au temps, et à la prochaine aurore.

On en recueille l'essence avec cette chanson.

Je m'en souviens. Je l'ai vécu.

People have the power

La fin est proche.

Cela se sent dans l'effervescence et les corps délivrés qui m'entourent à présent. Ils ont quitté leur siège. Le regard rivé sur la scène, vers la parenthèse d'éternité étrange qui s'y joue, le sanctuaire que la poétesse aura offert à chacun. Les regards brillent de ferveur, de gratitude. Les corps vibrent d'un orage intime et libéré. La foule ressemble à une terre aride qui a connu une averse salvatrice après une longue sécheresse.

Un peu de stupéfaction aussi, mêlée à l'extase.

Cette manière de se réciter ce curieux mantra : « Je suis en train de vivre ça, je l'emporterai avec moi dans l'incertitude des avenirs. »

On est dans la sensation, l'exaltation, l'au-delà des mots.

Patti introduit sa chanson comme un cri, quelqu'un qui se libère, nous fait entendre notre caractère précieux et unique. Pas les pions d'un jeu, mais des âmes poétiques et révoltées. Elle invite à se libérer du joug de ceux qui croient régner sur nous. Assumer en conscience notre élan commun. Jouir de notre ivresse de vivants, de voyants. En écrivant cette chanson dont l'idée lui avait été soufflée avec feu par son cher Fred « Sonic » Smith, elle la portait déjà en elle, l'explosion de ce moment-là.

L'art a sauvé le monde ce soir.
C'est déjà ça.

Malgré les tempêtes, elle se tenait, solide, à la barre du bateau ivre, pointant pour tous ceux de son équipage l'horizon lointain à s'approprier et à conquérir, celui de notre existence et celui de notre monde. Sauvage et beau. On y est. On arrive.

La terre se dessine déjà au loin. Personne n'ose encore la désigner dans un cri pour ne pas mettre un terme au voyage, la déception fatale qui suit la découverte. Les rivages bien définis sont ceux des souvenirs momifiés sur des cartes. On l'écoute encore. On l'acclame. On la fait durer, la révolte qui gronde au fond de chaque regard.

L'hymne éclate et le monde retrouve ses couleurs originelles. Celles dont parfois on perd le courage et l'ambition, parce qu'on veut continuer de dormir. Réveiller le grand peuple ondulant sous ses yeux et lui rappeler que c'est lui qui a le pouvoir.

La gavroche lève le poing. Et moi avec. Je ne me souviens pas de l'avoir jamais fait en l'honneur d'aucune cause. Pourtant je hurle le refrain à m'en déchirer la gorge et ce cri pourrait contenir tous mes idéaux.

« People have the power, people have the power. »

On la met trop en sourdine, cette noblesse de l'humain.

Dans nos cauchemars éveillés, on revoit les camps de concentration, les guerres de tranchées, les Saint-Barthélemy, le massacre des Indiens, les champignons atomiques et les pleurs d'enfants affamés. Tant de cris pétrifiés dans nos silences et dans notre insouciance.

Mais il y a pire.

On oublie trop souvent Jésus-Christ, Rimbaud, Beethoven, Mozart, Emily Brontë, Vincent Van Gogh, Kerouac, Camille Claudel, Martin Luther King, Gandhi ou Bob Dylan.

Tous ceux qui ont su la voir et la rendre belle, la réalité. Ceux qui ont consacré leurs vies à la transcender, à s'éveiller du grand mirage dans lequel on s'entretient chaque jour, à coups d'horreurs régulières. On peut se donner un peu de lumière, un peu d'espoir, un peu de beauté. De quoi vivre sans avoir trop peur de mourir.

Patti Smith est un contrepoison.

On n'est pas tenus d'être des ombres soumises dans les bas-fonds de Metropolis.

« *People have the power.* »

Le poing levé. Réclamer son droit à rêver, à régner par le sublime et par la générosité, la grandeur d'âme qui rend radieuse la pire des détresses.

Ce n'est pas une révolte, c'est une révolution.

Je suis toujours fasciné par ces foules. Celles qui se pressent aux concerts, aux musées. J'ai été pétrifié devant *Le Radeau de la Méduse* la première fois que je suis entré au Louvre. Ce n'était pas très longtemps après la construction de la pyramide. Il y régnait un désordre étrange. Une atmosphère de grand chambardement. On était venus y voir les antiquités égyptiennes qui m'intéressaient alors. Je devais avoir une dizaine d'années. Je les contemplais avec déception. Les figurines étaient exposées sur des tables et me faisaient songer à des soldats de plomb. La scénographie n'offrait pas de reconstitution monumentale comme ce fut le cas par la suite.

On passe devant *Le Radeau*. Je ne savais rien du naufrage. Je ne connaissais rien de l'histoire. Je sais juste que, dans ce tableau, je voyais tous les stades de la vie d'un coup. Ceux qui espèrent encore et adressent un signe d'espoir à l'horizon. Ceux qui renoncent et ceux qui meurent. Toute la condition humaine sur une image.

Ce quelque chose de magique et mystérieux qui vibre, cette conscience commune qui s'éveille devant l'art. Ce miracle qui contient tout ce que vous êtes et tous ceux qui ont déjà vécu. Un philosophe antique, un peintre classique ou une chanteuse des années 70 en savent bien long sur votre compte, sans jamais vous avoir connu.

Dans cette chanson véhémente, Patti Smith célèbre cette éternité.

Je sursaute au refrain de plus en plus fort, reconnaissant de me souvenir de tous ces éclats épars qui m'ont fait devenir moi. Je sais que ceux qui m'entourent ressentent la même chose.

S'accomplit la révolution qu'on incarne et qu'on a tous sur le bout de la langue.

Elle le décrète, le peuple règne enfin.

Le temps d'une chanson, on a recouvré notre capacité à se battre pour toutes nos espérances.

Le poing levé, la voix vibrante et la beauté en nous, libérée à chaque note.

On s'est sentis vivants, puissants, ensemble.

Affranchis de notre passé, enfin.

Baignés dans la lumière orangée d'un brasier, d'une explosion.

D'une utopie retrouvée.

D'une mémoire recouvrée.
Revigorée au terme du concert.

« People have the power, people have the power. »

My generation

C'était le samedi 14 novembre 2015.

Le jour de mon premier point final.

Ce matin-là, c'était la fin d'un monde.
L'horloge, un moment, s'est arrêtée.

C'était un mois après le concert de Patti Smith. J'y étais retourné inlassablement les jours et les semaines suivantes, à cette source, à ce spectre bienveillant. Je l'avais détaillé. J'avais écrit sans m'arrêter dans ce présent en pause.

Je m'y étais plongé pour célébrer chaque matin des retrouvailles avec moi-même et tout ce que j'ai aimé. Des utopies et des héros qu'on croyait volatilisés et exsangues. Pendant un concert, on pouvait y croire encore. Y être et y participer. Raviver tous les feux d'un âge d'or, se réunir autour et s'y réchauffer. Se souvenir de ce que ça faisait d'être vivants. De toute l'intensité dont on était capables.

La veille de ce matin-là, des fanatiques avaient déboulé au Bataclan pour y perpétrer un massacre. L'état d'urgence avait été décrété en France. J'avais veillé jusque tard et j'avais très peu dormi pour m'assurer que mes amis étaient en sécurité.

J'ai eu peur pour ma culture. Pour mon mode de vie. Pour tout ce qui m'a formé.

Il n'y a pas plus beau que cette communion, cette fraternité éphémère que j'avais éprouvée devant Patti Smith, cette foule devenue harmonieuse pendant un concert. On venait y chercher cet oubli, ces vacances qu'on prend du monde. On s'y était ressourcés. On a même un peu de mal à intégrer ces soirées miraculeuses qui passent si vite à notre quotidien, quand il reprend ses droits.

Quelque chose s'était cassé. Pour la première fois depuis que je l'avais vécu, le concert m'apparut lointain, provenant d'une autre partie de l'existence dont j'espérais qu'elle n'était pas révolue.

Ce matin-là, je n'ai plus vu d'avenir. Juste une urgence à vivre. La terrible conscience de ma mortalité. Un réveil en sursaut. Réaliser que tout peut être anéanti par l'horreur, la bêtise et l'absurde. On devrait toujours le garder dans un coin de la tête, ce pressentiment, mais il faut un désastre pour s'en souvenir. Se rappeler de tout ce qui a de la valeur à nos yeux sous cette clarté cruelle et inédite.

Ce concert fut le dernier d'une ère où l'on se croyait encore un peu invulnérables.

J'espérais que son insouciance et ses emportements finiraient par nous revenir.

Il m'a fallu trois ans depuis cette date pour avoir le courage d'affronter à nouveau ce texte. Y faire tenir tous les souvenirs que je n'ai jamais osé aborder avant. Longtemps je n'ai pu m'y replonger sans éprouver l'amertume de cette matinée, en faisant mine d'ignorer cette gueule de bois qui m'a précipité à terre.

Longtemps je n'ai pas voulu avoir de passé.

Mais je le savais pourtant, que l'avenir était à revoir.

J'ai voulu l'oublier, ce texte. Le considérer comme inachevé. Un brouillon de plus archivé dans mes tiroirs. Depuis 2015, je n'écoutais presque plus Patti Smith. J'avais décidé d'occulter ce concert, l'enterrer avec mon enfance, mon histoire d'amour et tout ce qui m'avait fait à la fois vibrer et souffrir.

Je ne pouvais plus avancer avec cette amnésie béante.

Patti attendait.

Elle savait qu'elle était le début du reste de ma vie.

La dernière chanson, ce fameux 20 octobre 2015, fut un rappel extatique, la reprise d'un standard des Who, *My generation*, où Patti a martyrisé sauvagement sa Fender jusqu'à péter méthodiquement chacune de ses cordes dans une explosion de rage. Icône du punk que l'âge n'avait pas pervertie, qu'aucun marketeux n'avait su récupérer. C'était un espoir, une promesse, un post-scriptum d'énergie qui parachevait la parenthèse de grâce. Le monde portait encore en lui cette résolution, cette intégrité-là.

Je me souviens de mes bras écartés dans une victoire. De mon oubli de moi-même et de mon épanouissement. C'était une délivrance.

C'était une réconciliation de tout ce que j'avais morcelé.

Une curieuse intuition m'a saisi à la fin. J'ai apostrophé un ingénieur du son pour qu'il me donne la setlist.

Le papier en poche, je me suis engouffré vers la sortie, pris dans la cohue compacte qui se dirigeait vers le dehors. J'étais plein de cette soirée. Les autres ne me dérangeaient pas. Je n'étais pas pressé.

On partageait le même sourire.
On partageait le même souvenir.

J'ai retrouvé E. dans la rue. Mon amour, le visage radieux et superbe de joie. Le même sourire que ce jour-là à Vaux-le-Vicomte, dans le sous-bois sur le côté du parc, où l'on avait tenté de se préserver de l'averse. Elle était belle comme à notre premier baiser. Belle comme tout ce qu'elle m'a permis de devenir. Ce moment suspendu ne m'a jamais quitté.

On était nettoyés de tout ce qui n'était pas essentiel et noble, pleins de cet art qui rend vivant. On se sentait purs et rendus à nous-mêmes après cette grande absolution.

C'est ce soir-là que j'ai su comment continuer à vivre.

Débordant de ces vieux rêves que j'ai pris en plein cœur.

J'y ai puisé un peu de souffle.

L'envie de m'y attarder.

L'envie que cette soirée dure quelques mois, quelques années, tout le temps qu'il me reste.

C'est ce soir-là que j'ai eu l'envie d'en faire un livre.

Parfois, pas souvent dans une vie, on bloque.

Remerciements

À Iza qui, une nuit, a lu ce texte dans sa toute première version et m'a dit que je ne devrais pas le laisser dans un tiroir. À Aloysia, qui m'a dit la même chose il y a quelques mois.

À tous ceux qui l'ont repêché d'une manière ou d'une autre et l'ont maintenu vivant. À Lauren Malka qui continuait de m'en parler.

À ceux dont les regards et les conseils m'ont porté tout du long : Sigolène Vinson, Julie Estève, Gilles Marchand, Claire Barré.

À Amandine Cirez pour sa précieuse lecture. Aux amis qui m'ont prêté leur regard.

Et surtout à Caroline Laurent, mon éditrice, dont la rencontre a tout changé, pour son amitié, son intérêt, sa méticulosité, sa manière d'avoir décelé et encouragé ce que ce texte pourrait devenir. Sa force et sa confiance quand j'en manquais parfois.

À mes parents et à mon frère.

À E.

À Patti Smith.

SETLIST

Cet ouvrage a été composé
par PCA
et achevé d'imprimer en février 2019
par Brodard & Taupin, 72200 La Flèche
pour le compte des Éditions Stock
21, rue du Montparnasse, 75006 Paris

PAPIER À BASE DE FIBRES CERTIFIÉES

Stock s'engage pour l'environnement en réduisant l'empreinte carbone de ses livres. Celle de cet exemplaire est de :
300 g éq. CO_2
Rendez-vous sur www.editions-stock-durable.fr

Imprimé en France

Dépôt légal : mars 2019
N° d'édition : 01 - N° d'impression : 3032544
46-02-9619/1